SCP 재단 특급 비밀

괴담 커뮤니티에 유출된 SCP 스토리
SCP 재단 특급 비밀 3권

초판 1쇄 인쇄일 | 2024년 11월 10일   초판 1쇄 발행일 | 2024년 11월 15일

편역 | 김완교
일러스트 | 아델
펴낸이 | 강창용
기획 | 강동균
편집 | 인생첫책
디자인 | 가혜순

펴낸곳 | 하늘을나는코끼리
출판등록 | 1998년 5월 16일 제10-1588
주 소 | 경기도 고양시 일산동구 고양대로 953-17, 한울빌딩 2층
전 화 | (代)031-932-7474
팩 스 | 031-932-5962
이메일 | feelbooks@naver.com

ISBN 979-11-6195-230-7   73840

* 책값은 뒤표지에 있습니다.   * 잘못된 책은 구입처에서 교환해 드립니다.

품명 아동도서   **제조년월** 2024년 11월 10일
사용연령 8세 이상   **제조자명** 하늘을나는코끼리
제조국 대한민국   **연락처** 031-932-7474
주소 경기도 고양시 일산동구 고양대로 953-17, 한울빌딩 2층
주의사항 종이에 베이거나 긁히지 않도록 조심하세요.
책 모서리가 날카로우니 던지거나 떨어뜨리지 마세요.
KC마크는 이 제품이 공통안전기준에 적합하였음을 의미합니다.

 하늘을나는코끼리는 느낌이있는책의 어린이책 브랜드입니다.

괴담 커뮤니티에 유출된 SCP 스토리

SCP 재단 특급비밀

편역 **김완교** | 그림 **아델**

3권

SCP 재단이 정말 있을까?

초등학교 5학년인 대용이, 주희, 강산이는 반은 달랐지만 학교가 끝나면 거의 매일 만나서 같이 노는 죽이 제일 잘 맞는 친구들이었다. 그런 아이들에게 놀지만 말고 책을 한 권이라도 읽어야 용돈을 주겠다는 부모님들의 엄명이 떨어졌다. 책 읽기 싫었던 아이들은 그나마 최대한 웃기고 무섭고 신비하고 재밌는 책을 고르고 골랐다. 그때 아이들의 눈에 띈 책이 바로 〈SCP 재단 특급 비밀〉 시리즈였다.

"와, 그럼 이 아빠는 어떻게 되는 거야?"

대용이가 묻자 주희가 눈을 반짝이며 대답했다.

"재단한테 잡혔거나, 정신이 나가지 않았을까?"

대용이는 잔뜩 실망한 표정으로 말했다.

"뭐야, 그럼 그게 끝이야? 더 없어?"

"안 되겠어! 우리가 직접 찾아보자! 나 이런 거 자주 찾아봐."

평소 괴담을 자주 보는 주희가 바로 인터넷 검색을 시작했다. 잠시 뒤 주희는 파라워치(parawatch)라는 사이트를 발견했다.

"뭔가 찾았는데?"

〈파라워치〉는 초자연적인 현상들을 모아놓은 괴담 커뮤니티였다. 많은 게시물 중에서도 단번에 아이들의 눈길을 사로잡는 제목이 있었다.

〈비밀조직 'SCP 재단'의 극비 문서 유출본〉

"SCP 재단이다!"

아이들이 신나서 동시에 소리쳤다. 대용이가 게시물을 소리 내어 읽었다.

"〈SCP 재단〉, 이하 〈재단〉은 초자연적인 현상을 사람들에게서 감추는 비밀 단체다. 재단은 계속 내 입을 막으려고 한다. 그러니 나

도 어쩔 수 없다. 여기에라도 올려서 계속 말할 수밖에. 내 목소리가 ███████에게 닿기를.”

세 아이는 서로의 얼굴을 쳐다봤다.

“이거 진짠가? 그런데 SCP 재단 문서는 비밀이라면서?”

“〈유출〉이래잖아. 분명 누군가 몰래 올린 걸 거야.”

대용이의 말에 둘이 오! 하고 작게 감탄했다. 주희는 무슨 생각이 떠올랐는지 책을 다시 집어 들었다. 모니터 화면과 책을 번갈아 본 주희가 깜짝 놀라 말했다. 무언가 발견한 것 같았다.

“여기 봐봐! 게시물 올라온 날짜가 〈SCP 재단 특급 비밀〉 2권이 나온 날짜보다 한참 뒤야!”

“그럼 이 글을 올린 사람이…?”

아이들은 다시금 서로의 얼굴을 쳐다봤다.

“에이 설마.”

세 사람 모두 같은 사람을 떠올렸다. 강산이는 뭔가 깨달았는지 갑자기 서둘렀다.

“이게 진짜라면 언제 재단이 지울지 모르잖아! 빨리 읽자.”

“그렇담 각자 마음에 드는 이야기를 골라서 서로 공유하기!”

SCP 스토리를 더 읽을 생각에 대용이가 신이 나서 소리쳤다.

“좋아! 우리는 이제부터 재단의 비밀을 쫓는 ‘SCP 탐사대’다. 대원들! 준비됐으면 출바알~!”

목차

SCP 격리 등급

SCP는 초자연적이고 비현실적인 능력을 가진 존재들이다. 재단에서 확보한 모든 SCP는 일단 위험하다. 그래서 위험도를 한눈에 알도록 격리 등급을 부여한다. 최초에 격리 등급을 정하는 방법은 <상자 테스트>이다.

SCP를 상자에 넣고 한참 후 열었을 때 그대로 있으면 안전 등급.

SCP를 상자에 넣고 한참 후 열었을 때 있을지 없을지 장담할 수 없으면 유클리드 등급.

SCP를 상자에 넣었더니 상자 밖으로 멋대로 튀어나오려고 하면 케테르 등급.

상자 안에 들어가지 않는 것도 많다. 괴물, 장소, 건물, 어디론가 통하는 문 등 다양한 크기와 다양한 종류의 SCP가 있다. 등급을 나누는 기준은 격리가 쉽냐, 어렵냐이다. 참고로 격리 등급과 SCP의 난폭함과는 크게 상관이 없다.

안전 등급

가만히만 놔두면 얌전하다. 보관함이 많은 방에 넣어두고 주로 잊고 지낸다. 하지만 잘못 건드려서 변칙성이 발동되면 얘기는 달라진다. 안정 등급이라도 다룰 때는 항상 조심해야 한다. 잘못하면 다치는 정도로 끝나지 않는다.

유클리드 등급

언제 탈출할지 모르니 꽤 조심해야 한다. 격리 방법도 복잡하다. 사람처럼 생각할 수 있는 생물, 무생물은 모두 여기 속한다. 가만히 있다가도 어느 날 갑자기 탈출을 시도할지 모른다.

케테르 등급

아주 위험하고 격리가 정말 어렵다. 난폭하고 위험한 것들이 많다. 격리실도 때려 부숴, 재단 기지도 때려 부숴, 사람도 때려 부숴. 틈만 나면 난동을 부린다. 그런데 위험하지 않지만 격리실을 잘 탈출해 사람들 눈에 자주 띄면 케테르 등급이 되기도 한다.

타우미엘 등급

재단의 목표는 정상적인 사회를 유지시키는 것이다. 그래서 가끔은 SCP를 물리치기 위해 SCP의 힘을 빌려야 할 때도 있다. 재단이 인류를 지키는 데 필요하다고 생각하는 SCP가 바로 타우미엘 등급이다. 최고 등급의 비밀이다.

이건 재단이 배포하는 SCP 격리등급이야.
SCP를 본격적으로 만나기 전에 먼저
읽어보면 도움이 될 거야.

1장
재밌는 SCP

SCP-001-EX-J
CKG 모임 기록

빨갛고 밝고 뜨거운 물건은 뭘까?

SCP-001-EX-J는 프랑스 ▓▓▓▓▓▓ 동굴에서 회수한 석판이다. 물건-/-U가 기록되어 있다. 이 문서는 CKG(잡는다, 가둔다, 지킨다)라는 단체가 기록했다.

> 무슨 물건: 물건-/ 물건-/-ㄴ
>
> 물건 얼마나 나쁘냐: 나쁘지 않다. 이해했다.
>
> 무슨 물건이냐:
> 물건-/ 뜨겁다. 밝다. 노란색이다. 손으로 못 잡는다.
> 손대 보니까 울건-/ 위쪽 뜨겁다. 근데 안 밝다.
> 물건-/, 모임에 매우 쓸모 있다.

물건-/은 나무, 나뭇잎, 뼈, 가죽, 지방
이 물건-/ 만졌을 때 생긴다.
물건-///이 나무 때렸을 때도, 아니면
물건-/// 가까이 있는 나무에 물건-/
생긴다.
물, 오줌, 흙, 나뭇가지로 때리는 거 모두
물건-/ 죽인다.

물건 어떻게 두냐:

~~동굴 //// 바닥 구멍 파고 최소한~~
~~물건-/ 하나 둔다.~~ 최소 주술사 한
명 물건-/이 있는 구멍 옆에 깨어 있
어야 한다. 물건-/이 먹게 나무, 나
뭇잎, 뼈 던져줘야 한다, 안 그럼 죽
는다. 물건-/ 땅 구멍 밖에 나오면
산사자보다 나쁘다, 아주 나쁘다. 물
건-/ 창, 도끼 혹은 주먹질에 다치
지 않는다. 멈추려면 물, 오줌, 흙을
던지거나 나뭇가지로 때려라.

물건 어떻게 찾았냐:

모임은 오래전부터 물건-/ 알았다. 프로메테우스 동굴에서 빠른사냥꾼떼-/
〈덤불 헤치는 놈들〉의 사냥꾼 O██랑 사냥꾼 U██가 물건-/을 잘 가두는
방법을 발견했다. 사냥꾼 O██ 물건-/ 맨손으로 만진 뒤 다쳤다. 사냥꾼이
찾은 방법 모임에서 물건-/ 가두는 방법으로 쓴다.

이 물건은 뭐에 쓰는 물건인고?

　아주 오래전, 원시인이 살던 시절에도 SCP 재단과 비슷한 무리가 있었으니 이름하여 CKG 모임. '잡는다(Catch), 가둔다(Keep), 지킨다(Guard)'가 이 무리의 목표였다. 이들은 SCP 재단처럼 이해할 수 없는 초자연적인 현상을 잡아서 가두고, 사람들을 지키려 했다. 그리고 그런 현상이나 물건을 'SCP'라고 부르는 대신 '물건'이라 불렀다.

　이들이 모였던 최초의 이유 중 하나, 물건-/-U는 어느 날 밤, 하늘에서 떨어지는 빛과 함께 나타났다. 빛이 떨어진 장소에 '우르릉 쾅!' 하는 귀가 터질 듯 큰 소리와 함께 물건-/-U가 나타났다. 이 물건은 어둠을 대낮처럼 환하게 비췄다. 뜨겁고, 노란색, 빨간색이었다. 가만히 두면 점점 커지더니 여기저기에 퍼져나갔다. 근처에 있는 사람들을 너무 뜨겁고 아프게 했다.

오랫동안 이 물건을 잡으려는 노력은 계속됐지만, 한동안은 실패로 돌아갔다. 그러다 마침내 빠른사냥꾼떼-/ '덤불 헤치는 놈들'이 이 물건을 가져왔다. '빠른사냥꾼떼'는 CKG 모임에서 '기동특무부대' 역할을 하는 사람들이었다. 물건-/-U는 프로메테우스 동굴이라 불리는 동굴에서 가져왔다.

CKG 모임은 이 물건이 뭔지 알아보려 했다. 그래서 높은 지위의 주술사인 주술법사 A▮▮▮가 직접 이것저것을 했다. 옆에서는 주술법사 밑의 주술사 한 명이 기록을 하고 있었다. 컴퓨터는커녕 종이도, 연필도, 펜도 없던 원시인들은 돌에 돌로 새겨서 주술법사가 시도한 일들을 기록하기 시작했다. 제목은 〈물건-/에 한 것들〉이었다.

주술법사 A▮▮▮는 먼저 창으로 물건-/을 찔렀다. 나무를 깎아 만든 꼬챙이 같은 모양으로 만든 창이었다. 원시인들이 사냥하는 동물들, 주변의 나무와 풀들, 돌, 바위도 창으로 찌르면 두 가지 결과가 나왔다. 뚫리거나, 아니면 단단해서 막히거나 했다.

나무창은 물건-/을 그대로 통과해버렸다. 물건-/을 지켜보고 있던 주술사들은 고개를 갸우뚱했다. 곧 매캐한 냄새가 나면서 나무창 끝이 까맣게 변했다. 주술법사 A▮▮▮가 창을 빼자 나무창 끝에 물건-/이 붙어 있었다. 주술법사 A▮▮▮가 당황해서 나무창을 바닥에 탁탁탁 내리쳤다. 곧 나무창 끝에 물건-/이 사라졌다. 까맣게

된 창끝에서 매캐한 냄새와 하얀 무언가가 솔솔 올라왔다. 옆에 있던 주술사가 짧게 돌판에 상황을 새겼다.

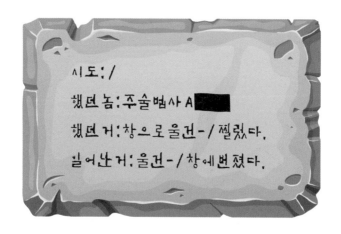

주술법사 A██는 곧바로 나무창에 오줌을 쌌다. 오줌을 싸면 물건-/이 멈추기 때문이었다. 주술법사 A██는 다시 나무창 끝을 물건-/에 넣었다. 잠시 후 나무창을 뺐을 때 물건-/은 창끝에 달라 붙지 않았다. 주술법사 A██가 만족한 듯 빙그레 미소 지으며 말했다.

"음, 좋다. 역시 물건-/ 오줌에 약하다. 근데 오줌 냄새난다. 오줌 냄새 싫다."

주술사는 다시 돌판에 짧게 기록했다.

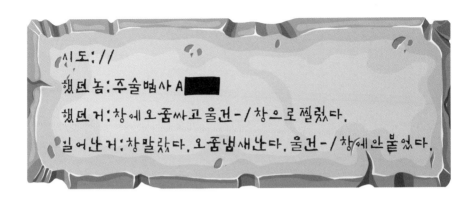

시도: //

했던 놈: 주술법사 A█████

했던 거: 창에 오줌싸고 물건-/ 창으로 쩔렀다.

일어난거: 창 말랐다. 오줌냄새난다. 물건-/ 창에 안 붙었다.

주술법사 A████는 이번에는 허리에 두르고 있던 털가죽을 위로 들어 젖혔다. 그리고 물건-/에 오줌을 싸기 시작했다. 얼마나 많은 오줌을 싸야 물건-/이 멈출지 알아보려고 했다. 쉬이이이이 소리가 나면서 오줌이 물건-/에 떨어졌다. 한참 오줌을 싸던 주술법사 A██가 비명을 지르기 시작했다.

"끄아아악! 뜨겁다! 뜨겁다! 살려줘라!"

허리에 두른 가죽을 타고 물건-/이 주술법사 A██의 거시기에 번지고 말았다! 주술법사 A████는 고통에 동굴 바닥을 굴렀다. 놀란 주술사가 뛰어와서 주술법사 A████를 붙잡았다. 그리고 물건-/이 번진 거시기 부분을 나뭇가지로 사정없이 때리기 시작했다. 난데없이 거시기를 맞게 된 주술법사는 더 비명을 질렀다.

"아프다! 하지 마라! 근데 뜨겁다! 더 해라! 빨리 물건-/ 멈춰라!"

한참을 나뭇가지로 두들겨 패자 물건-/이 사라졌다. 주술법사의 비명도 멈췄다. 물건-/을 멈춘 주술사가 놀라고 걱정돼서 주술법사에게 물었다.

"주술법사, 괜찮나? 어떻게 됐나?"

주술법사는 나지막하게 신음 소리를 내며 아래를 부여잡고 있었다.

"으으, 아프다. 너무 아프다. 물건-/에 오줌 싸지 마라. 뜨겁고 아프다."

다른 주술사들이 주술법사 A▮▮▮를 치료하기 위해 데려갔다. SCP 재단의 최고 회의기관인 O5 평의회와 같은 S-///// 위원회는 다른 주술사에게 물건-/을 알아보게 시켰다. 주술법사를 구한 주술사는 돌판에 그날 있던 일을 새겨넣었다.

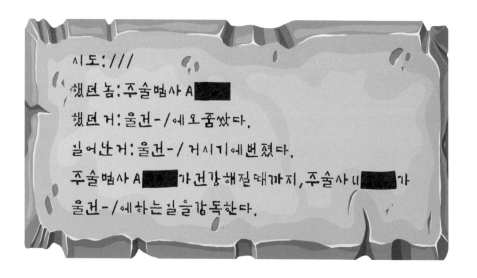

시도:///
했던 놈:주술법사 A▮▮▮
했던 거:물건-/에 오줌쌌다.
일어난 거:물건-/ 거시기에 번졌다.
주술법사 A▮▮▮가 건강해질 때까지, 주술사 ㅂ▮▮▮가 물건-/에 하는 일을 감독한다.

주술사 U█는 주술법사 A█를 대신해 물건-/을 관리하게 됐다. 그는 오자마자 새로운 실험을 시작했다. 주술사 U█는 물건-/에 고기를 던졌다. 빨간 고기는 물건-/ 속에서도 멀쩡히 있었다. 한참이 지나도 고기에는 물건-/이 번지지 않았다. 대신 처음 맡아보는 맛있는 냄새가 동굴에 진동하기 시작했다. 처음에는 새빨갰던 고기가 하얗게 변했다. 한참 후에는 노릇노릇하게 누런 갈색으로 변해갔다. 기록하던 주술사는 신기하게 생각하며 돌판에 기록했다.

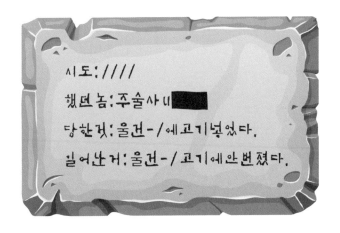

빨갛던 고기가 변하자 주술사 U█는 좀 더 자세히 살펴보고 싶었다. 그래서 주술법사가 한 대로 창에 오줌을 쌌다. 물건-/이 번지지 않도록 하기 위해서였다. 그리고 창으로 고기를 꿰어 꺼냈다. 창과 고기 모두 물건-/이 옮겨붙지 않았다. 기록하던 주술사도 고기를 보러 왔다. 냄새를 킁킁 맡아본 주술사 U█████는 코를 막았다.

"오줌 냄새 심하다. 하지만 고기는 고기다."

주술사 U█████는 고기를 그대로 버리기 아까워서 한입 베어 물었다. 그 순간 주술사 U█████의 눈이 번쩍 뜨였다. 주술사는 눈까지 반짝반짝 빛내며 행복해했다. 주술사 U█████는 신이 나서 소리를 질렀다.

"고기 맛있다! 더 맛있다! 근데 오줌 냄새난다!"

그 말에 기록하던 주술사도 고기를 한입 물었다. 더 맛있어진 고기에 신이 나서 춤까지 췄다. 춤을 추며 돌판으로 돌아간 주술사는 기록했다. 여전히 신이 났는지 덩실덩실 어깨춤을 췄다.

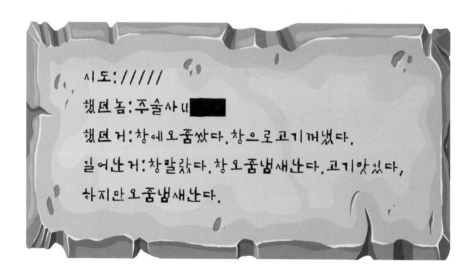

신이 난 주술사들을 옆에서 빤히 지켜보던 사냥꾼 O▒▒이 나무
창을 집어 들었다. 사냥꾼은 나무창에 물을 부었다. 그리고 다른 고
기를 가져와서 창에 꿰어 넣었다. 사냥꾼은 물건-/에 창에 꿴 고기
를 들이댔다. 어느 정도 시간이 지났다. 다시 한번 맛있는 냄새가 동
굴을 채우기 시작했다. 주술사들은 기대하는 눈빛으로 고기를 바라
보며 코를 연신 킁킁거렸다. 마침내 빨갛던 고기가 노릇노릇하게 연
한 갈색으로 바뀌었다. 사냥꾼은 창을 거둬들였다. 물건-/에서 이

제 막 꺼낸 고기는 김이 모락모락 나고 뜨끈뜨끈했다. 사냥꾼은 주술사 U████에게 고기를 가져갔다. 주술사 U████는 한 입 베어 물려고 했다. 하지만 너무 뜨거워서 후후 불고는 한 입 베어 물었다. 우물우물 씹던 주술사는 다시 눈을 반짝였다. 그리고 알 수 없는 주술사 말로 소리를 지르며 환호했다.

"아와와와와! 맛있다! 고기 진짜 맛있다!"

옆에서 순서를 기다리던 다른 주술사와 사냥꾼이 앞다퉈 고기를 입에 넣었다. 주술사와 사냥꾼 모두 환호성을 질렀다.

"맛있다! 오줌 냄새도 안 난다! 더 맛있다!"

주술사 두 명과 사냥꾼은 신이나 물건-/ 주변을 돌며 춤을 췄다. 주술사 U███가 사냥꾼 O███의 어깨를 붙잡고 선언하듯 말했다.

"사냥꾼, 이제 주술사 해라."

사냥꾼에서 주술사로 승진하자 주술사 O███는 신이 나서 다시 한 번 환호성을 내질렀다. 기록하던 주술사도 새 주술사를 축하해줬다. 그리고 돌판에 기록을 새겼다.

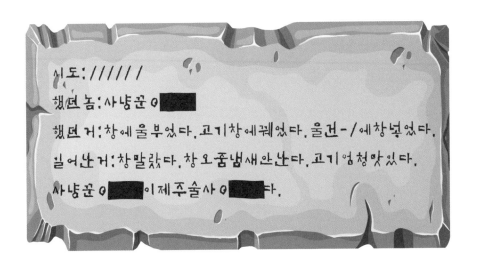

시도://////
했던 놈:사냥꾼 O███
했던 거:창에 물 부었다. 고기 창에 꿰었다. 물건-/에 창 넣었다.
일어난 거:창 말랐다. 창 오줌 냄새 안 난다. 고기 엄청 맛있다.
사냥꾼 O███이제 주술사 O███다.

주술사가 된 O█████는 얼마 지나지 않아 위대한 발명을 해냈다. 그로 인해 물건–/이 무엇인지 깨달은 CKG 모임은 돌판에 기록을 새겼다.

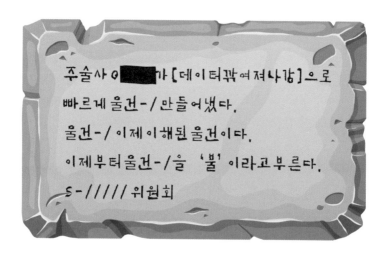

주술사 O████가 [데이터팍여져나감]으로
빠르게 물건–/ 만들어냈다.
물건–/ 이제 이해된 물건이다.
이제부터 물건–/을 '불'이라고 부른다.
5–///// 위원회

SCP-3740
신인데 멍청함

신이 어째서 멍청함?

SCP-3740은 공기의 신인 아슈르다. 중동에 있던 고대 아시리아 제국에서 믿던 신이다. 그리스·로마 신화의 제우스, 북유럽 신화의 오딘과 같은 위치다.

매우 강력한 8등급
초능력자

바람을 불게 하거나
공기를 따뜻하게
또는 춥게 만들 수
있다.

날아다니는
동물들과 대화할 수
있다.

언제라도 격리를 탈출할 수 있는 케테르 등급! ⚠

뭐든지 말하는 그대로 믿는다.
속이기가 매우 쉬워서 재단에서 격리하는 중
신이라고 생각하는 사람 말이라면 무조건 믿는다.

간단한 마술이나 자기가 이해하지 못하는 능력을
보여줘도 신이라고 믿는다.

얘는 신이고,
얘도 신이야.

특수격리절차:
격리실을 신전처럼 꾸며 속이고 있다. 식당에는 항상 술을 많이 갖다 놓아야 한다.
제81기지의 격리 전문가들이 만든 아슈르 속이기 작전, <u>올림포스산 프로토콜</u>을 무조건 따라야 한다.

진짜 멍청하네?

　SCP-3740 아슈르는 말 그대로 '신'이었다. 수천 년 전 중동에는 아시리아라는 고대 국가가 있었다. 아슈르는 아시리아에서 믿던 신이었다. 그것도 가장 강한 신. 그는 원하는 모든 것을 현실로 만들 수 있는 초능력을 지녔다. 재단에서는 초능력자의 힘에 따라 등급을 나눈다. 숫자가 높을수록 강력한 초능력자다. 아슈르는 무려 8등급 초능력자였다. 이런 초능력자를 격리하는 일은 재단도 거의 불가능했다. 이런 엄청난 SCP가 격리를 탈출하려고 한다면 아주 강력한 방법으로 묶어둬야만 했다. 하지만 아슈르의 경우는 그럴 필요가 없었다. 가만히 놔두면 위험한 거 아니냐고 물어볼지 모른다. 하지만 다루기 어렵고 힘든 SCP가 있으면 가끔은 식은 죽 먹기보다 쉬운 SCP도 있는 법 아닐까?

아슈르는 언제라도 격리를 탈출할 수 있었다. 그렇기 때문에 아슈르를 속이는 작전, 〈올림포스산 프로토콜〉을 실행해야 했다. 아슈르와 대화를 나눌 때는 이 프로토콜을 꼭 지켜야 했다.

아슈르는 격리실을 앙골리아 궁전이라고 이름 붙였다. 격리실을 신들이 사는 궁전이라고 믿었다. 그리고 격리실을 자신이 술에 취해 싸우다가 정복한 곳이라고 생각했다. 아슈르는 이곳 격리실에서 세상을 지배하고 있다고 믿었다. 올림포스산 프로토콜은 이런 아슈르의 믿음을 더욱 단단하게 만들었다. 아슈르를 대하는 사람은 세 가지 종류로 나뉘었다.

아슈르는 D등급 인원들을 하인이라고 생각했다. 그들이 여러 가지 허드렛일을 했기 때문이다. D등급 인원은 절대 아슈르에게 무례하게 굴면 안 됐다. 아슈르가 화내면 D등급 인원들의 목숨이 위험할 수 있기 때문이었다.

아슈르는 격리실 앞을 지키는 보안 요원들을 호위병들이라고 생각했다. 아슈르는 이들을 뛰어난 전사들이자 자신의 전우로 생각했다.

마지막으로 아슈르는 격리팀을 신이나 전설의 영웅이라 믿었다. 격리팀 연구원들에게 친근하게 굴었고 가족같이 지냈다. 연구원들을 자주 불러서 음식과 술을 배터지게 먹으며 위대한 영웅 이야기도 나눴다.

노예

영웅

전사

SCP-3740 아슈르는 의심할 여지도 없이 재단 공인 가장 속이기 쉬운 사람이었다. 얼마나 쉽냐고? 아슈르는 자기가 들은 말은 대부분 믿었다. 여러 가지 마술을 보여주면 자신처럼 초능력이 있는 신이라고 믿었다.

매킬로이 박사의 경우는 이랬다.

"안녕한가, 아슈르."

"안녕하시오. 그대는 누구시오?"

"내 이름은 〈블리스 딜라이트〉라고 하네. 순수한 전기로 되어 있지."

매킬로이 박사는 건조한 손바닥을 비벼 더욱 건조하게 만들었다. 그러자 손에 정전기가 일었다. 매킬로이 박사가 손가락을 아슈르의 팔 가까이 갖다 댔다.

찌릿!

"앗, 따거!"

팔에 정전기가 일자 아슈르가 깜짝 놀라 몸을 움찔했다. 하지만 곧 아슈르는 신이 나서 매킬로이 박사의 어깨를 잡고 말했다.

"나와 같은 신을 만나게 되어 정말 반갑네, 블리스 딜라이트! 앞으로 자주 보자고!"

책받침을 스웨터에 비벼서도 만들 수 있는 정전기였지만 아슈르는 그 사실을 몰랐다.

아슈르가 다른 재단 연구원들을 신이라고 생각한 이유들도 하나같이 단순했다. 예마 박사는 레이저 포인터로 고양이가 방안을 뛰어다니게 했다. 고양이는 레이저 포인터를 보면 무조건 쫓아가려고 하는 습성이 있기 때문이다. 연구원 키류는 머리를 보라색으로 염색했

다. 아슈르는 키류의 머리색을 보고 자연스러운 머리카락 색이 아니라며 신이라고 생각했다. 반데르 박사는 아슈르의 귀 뒤에서 동전을 꺼내는 마술을 보여줬다. 손가락 사이에 동전을 끼워 숨겨둔 뒤 귀 뒤에서 꺼내는 시늉을 하는 마술이었다. 앤서니 박사는 연필을 얼굴 옆에 두고 삼키는 시늉을 했다. 댄스비 연구원은 취미로 하는 저글링을 보여줬다. 부이사관 슈미트는 카드 마술을 보여줬다.

아슈르는 격리팀 연구원들도 별명으로 부르며 가족처럼 대했다. 배럿 박사는 〈파괴할 수 없는 자 우마르〉, 피셔 박사는 〈황무지의 투사 니엠스〉, 리즈 박사는 〈탑구름의 마법사 엘레노라 썬더클랩〉, 지머맨 연구원은 〈잔인한 폿〉, 오펜하이머 연구원은 〈학살자 앨도스 맨해튼〉, 퀸 연구원은 〈마찬가지로 파괴할 수 없는 자 카르멧〉, 리 연구원은 〈동방의 솔로몬〉, 마셜 연구원은 〈밤의 잊혀진 검 니누르타〉라는 별명을 얻었다.

◆

아슈르는 가장 위험한 존재를 기지 이사관 악투스라고 생각하고 있다. 이사관은 아슈르가 있는 제81기지를 전부 책임지는 최고로 높은 사람이다. 아슈르는 이사관을 강력한 우주의 신 〈지옥의 공포 말테우스〉라고 믿고 있다. 왜 그렇게 생각하냐고?

어느 날 기지를 둘러보던 악투스 이사관이 아슈르의 격리실에 들어섰을 때 일이었다. 아슈르의 격리실은 횃불만 켜져 있었다. 전등을 켜지 않았으니 어둑어둑했다. 악투스 이사관이 의아한 듯 중얼거렸다.

"아니 여긴 왜 이리 어두워?"

악투스 이사관은 전등 스위치를 찾아 전등을 켰다. 그리고 뒤를 돌아보니 아슈르가 눈을 반짝이며 기대에 찬 표정을 한 채 서 있었다. 그 뒤로 보이는 격리 담당 연구원들이 양손을 크게 젓고 고개도 좌우로 크게 도리도리했다. 불을 끄라는 신호였다. 아슈르의 격리실은 고대 신전처럼 보여야 하므로 전등을 켜면 안 됐다. 연구원들의 신호를 눈치 챈 악투스 이사관은 다시 전등을 껐다. 그러자 아슈르는 더욱 신나서 소리쳤다.

"오오오! 그대는 빛을 만들고 없앨 수 있는 존재, 강력한 우주의 신, 지옥의 공포 말테우스가 아니오?"

악투스 이사관은 이게 대체 뭔 자다가 봉창 두들기는 소리인가 하는 표정을 지었다. 아슈르 뒤로 연구원들은 다시 격렬하게 고개를 끄덕였다. 맞다고 답하라는 신호를 보낸 것이다. 악투스 이사관은 조금 떨떠름한 표정을 지으며 짧게 대답했다.

"맞네. 내가 말… 뭐시기일세."

"또 다른 강력한 신을 만나게 돼서 반갑소, 말테우스!"

아슈르는 악투스 이사관의 양손을 잡고 크게 흔들며 악수했다. 악투스 이사관이 격리실을 나가자 아슈르가 연구원들에게 말했다.

"이 신전에서 내가 가장 강한 신이라고 생각했네. 하지만 지옥의 공포 말테우스는 어쩌면 나보다 강할지도 모르겠어. 빛을 만들고 없애다니 아주 무서운 자야."

이런 식으로 재단 직원들은 아슈르를 말 몇 마디로 꽤 잘 구워삶았다. 특히 격리실을 부수지 말아야 하고 이게 가장 중요한 일이라고 강조했다. 아슈르는 그 말을 철석같이 믿었다. 그러면 손가락 하나로도 부술 수 있는 격리실 벽을 애지중지 다뤘다. 언젠가는 거짓말임을 깨달을지 몰라도 지금 당장은 괜찮았다.

◆

그렇게 평화롭게 지내던 어느 날이었다.

콰광!

우레처럼 큰 소리와 함께 '수엔'이라는 신이 나타났다. 수엔은 우락부락한 근육 덩어리 사내였다. 그는 몸에 투구와 갑옷을 두르고 한 손에는 창을 들고 있었다.

"아슈르! 빨리 오게, 이 친구야. 지금 시간이…. 아니 근데 잠깐, 지금 무슨 일이 벌어지고 있는 거야?"

"아, 수엔! 내 친구여! 자네도 과거로 돌아왔는가? 이 얼마나 대단한 우연의 일치란 말인가! 여기 내 친구 우마르에게 오래전 우리가 겪은 사소한 일들을 얘기하고 있었네."

"우마르? 당신은 누구요?"

아슈르의 말을 듣고 수엔이 눈을 가늘게 떴다. 멍청한 아슈르가 또 누구한테 속고 있나 하는 표정이었다. 배럿 박사는 당황해서 엉거주춤 일어나 자기소개를 했다. 또 다른 신이 눈앞에 나타나자 당황해서 말까지 더듬었다.

"나, 나는 우마르요. 그 어, 파괴할 수 없는 자라 하오. 당신은 누구시오?"

"우마르? 파괴할 수 없는 자 우마르라니 들어본 적도 없다! 대체 무슨 말도 안 되는 일이 벌어지고 있는 거지? 아슈르, 이게 대체 무슨 일이야?"

수엔이 황당하단 표정을 지으며 아슈르에게 물었다. 당연했다. 배럿 박사는 신이 아니었다. 우마르라는 이름도 아슈르가 지어준 이름이다. 실제로 있는 신이 아니었다. 아슈르는 그저 수엔이 반가운지 편안한 목소리로 계속 말했다.

"이미 말하지 않았는가, 우아하고 고상한 수엔이여. 이건 다…."

"그렇게 부르지 말랬지?"

수엔이 인상을 찌푸리며 으르렁거렸다. 자신이 싫어하는 별명이었기 때문이다. 수엔이 그러든 말든 아슈르는 상관하지 않고 배럿 박사를 소개했다.

"파괴할 수 없는 자 우마르! 나와 같은 이 세계의 강력한 군주일세. 그의 웅장한 능력을 보게!"

그러고는 배럿 박사의 옆구리를 팔꿈치로 쿡쿡 찌르며 재촉했다.

"그대의 힘을 잠깐 보여주게, 우마르여!"

배럿 박사는 수엔의 눈치를 보며 망설이다가 자기 팔꿈치를 혀로 핥았다. 사람들은 보통 팔꿈치를 혀로 핥기 어렵지만 배럿 박사는 할 수 있었다. 그래서 아슈르는 배럿 박사를 신이라고 생각했다. 물론 멀쩡한 사람이라면 팔꿈치를 혀로 핥았다고 신이라 생각하진 않을 것이다. 아슈르가 큰 소리를 내며 호들갑을 떨었다.

"헉! 이 굉장한 모습을 보게, 수엔이여! 팔이 빠지지도 않았는데 팔꿈치를 핥았네! 그의 혀가 얼마나 긴지 보게! 이 세계의 모든 나라가 그를 두려워함이 마땅치 않은가!"

수엔은 전혀 놀라워하지 않는 표정이었다. 오히려 한심하다는 표정을 지었다. 배럿 박사는 부끄러워서 수엔의 시선을 피했다. 두 사람의 반응엔 관심이 없는지 아슈르가 활짝 웃으며 말했다.

"수엔, 아까 말했듯이 이렇게 다시 보게 되어 정말 반갑네. 나의 훌륭한 친구 우마르와 신들이 이 궁전을 멋지게 꾸며두었네. 모두 이곳에서 가장 뛰어난 물건들로 채워두었지. 진정 호화롭기 그지없

는 곳일세, 친구여!"

"궁전이라니 뭔 소리야? 지금 여기가 어딘지…."

수엔은 격리실을 궁전이라고 말하는 아슈르한테 따지고 들다가 말을 멈췄다. 그리고 곧 뭔가 깨달았는지 고개를 끄덕이며 말했다.

"아~ 무슨 일인지 잘 알겠어. 자네 여기서…. 그래, 맞아. 자네 말이 맞네. 여기 정말 굉장하구먼. 정말 다행이야."

수엔이 안도의 한숨을 쉬었다. 갑작스러운 수엔의 태도 변화에 배럿 박사가 물었다.

"예? 무슨 소립니까?"

수엔은 배럿 박사를 슬쩍 한쪽으로 데려가더니 조용히 말했다.

"우리가 얼마나 오랫동안 아슈르의 뒤치다꺼리를 했는지 알아? 댁은 상상도 못 할 거야. 저 녀석은 그냥 구제 불능이야. 무슨 말인지 알겠어? 진짜 손이 많이 간다니까. 안 그래?"

수엔이 껄껄 웃으면서 말했다.

"그동안 저 녀석을 돌보려고 얼마나 고생했는데. 내가 직접 이런 집을 만들어서 수십 년간 아슈르를 집어넣어뒀지. 그다음에는 네르갈이 나 대신 아슈르를 돌봐줘야 했어. 근데 그 녀석은 항상 바빠서 그러질 못했지. 물고기에만 한눈팔린 그 나사렛 부랑자 놈은 2,000년 넘게 사라진 상태고. 뭐 어쨌든 간에, 이봐. 내가 자네 덕을 엄청 보고 있는 거야. 얼마나 고마운지 모르겠어."

네르갈이니, 나사렛 부랑자라느니, 배럿 박사는 전혀 알아들을 수 없었다. 배럿 박사는 지금 상황이 이해가 안 가서 다시 물었다.

"잠깐만 뭐라고요? 당신이 누구시라고?"

"달의 신 수엔이야. 하지만 그런 건 신경 쓰지 말고 계속 쭉 잘해 줘. 필요한 게 있으면 부르고!"

수엔은 씨익 웃어 보였다. 그리고 배럿 박사가 뭐라고 말하기도 전에 천둥소리와 함께 사라졌다. 당황한 배럿 박사가 소리쳤다.

"무, 뭐? 여보쇼? 방금 이거 본 사람?"

배럿 박사가 당황하든 말든 아슈르는 재미있다는 듯 키득거리며 말했다.

"아, 수엔. 정말이지, 참 오랜만에 보네. 참 특이한 친구지 않나? 저 친구, 자기가 신이라고 생각한단 말이지. 믿어지는가? 저 친구가 신이라고?"

아슈르는 키득거리다 못해 껄껄 웃으며 말했다.

"달의 신이라니, 도대체 뭔 소린지 참."

수엔은 순식간에 나타났다 사라졌다. 그 모습을 보면 누구라도 수엔이 신이라고 생각할 것이다. 그렇게 생각하지 않는 사람은 아마 아슈르가 유일한 것 같다.

2장
신기한 SCP

SCP-738
악마의 거래

거래를 하나 하지

SCP-738은 마호가니 목제 가구 한 세트이다. 책상 한 개(SCP-738-1), 등받이 달린 의자 한 개(SCP-738-2), 화려한 의자 한 개(SCP-738-3)로 되어 있다.

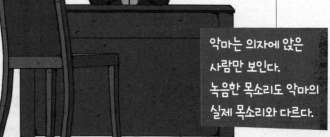

책상 앞에 놓인 의자에 앉으면 화려한 의자에 누군가 나타난다. 보통 매력적인 모습으로 나타난다.

앉는 사람마다 다른 모습, 다른 목소리로 나타난다. 이 사람을 보통 악마라고 부른다.

SCP-738-3

SCP-738-2

악마

악마는 의자에 앉은 사람만 보인다. 녹음한 목소리도 악마의 실제 목소리와 다르다.

SCP-738-1

악마는 원하는 소원을 들어주겠다며 꼬신다.
대신 소원의 크기만큼 힘들고, 괴롭고,
아파야 한다.
다른 사람의 소원을 대신 빌면
들어주지 않는다.

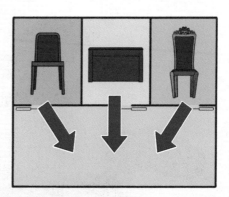

특수격리절차:

아무나 소원을 빌면 세상이 멸망할 수 있을 만큼 위험해진다. 이를 막기 위해
책상과 의자 두 개를 서로 다른 방에 따로 둔다. 실험할 때만 책상과 의자 두
개를 한 자리에 모아둔다.
실험에 들어가는 D등급 인원은 좀 모자라고 바보 같은 사람만 뽑아서 들여
보낸다.

거래를 할 때는 계약서를 꼼꼼히 확인하시기 바랍니다

SCP-738은 의자 두 개와 책상 하나로 되어 있다. 세 가지를 확보한 재단은 D등급 인원 대신 연구원을 먼저 자리에 앉혔다. '의자에 앉으면 악마가 나타나 거래를 제안한다'라는 말이 진짜인지 확인하기 위해서였다. 등받이가 달린 의자에 앉은 연구원의 눈에 과연 누군가가 나타났다. 왕이 앉는 옥좌처럼 화려하게 생긴 의자에 빨간색과 금색의 양복 정장 차림을 한 남자가 나타났다. 연구원은 아무말도 하지 않고 가만히 있었다. 남자는 이름을 알려준 적도 없는데 연구원의 이름을 부르며 말했다.

"반갑습니다, 제임스 연구원. 뭔가 소원을 빌고 싶어 찾아오셨겠죠? 당신이 짝사랑하는 여자와 맺어지게 해드릴까요? 아니면 당신을 존경받는 재단 연구자로 만들어줄 수 있는 대단한 물건을 원하십니까?"

제임스 연구원은 고개를 돌려 안전유리 너머에서 보고 있는 다른
연구원들에게 물었다.

"이 사람 보여요?"

연구원들이 고개를 저었다. 제임스 연구원 외에는 아무도 보이지

않았다. 소리도 들리지 않았다. 그저 책상 너머 제임스 연구원 반대편에 있는 옥좌 같은 의자가 멋대로 움직일 뿐이었다. 책상 서랍이 멋대로 열리고 깃털 펜과 잉크 서류 종이들이 휘리릭 날아올라 책상 위에 깔렸다.

제임스 눈에만 보이는 남자는 또 하나의 제안을 했다.

"앞의 제안들이 마음에 안 드신다면 O5 감독관 자리는 어떠십니까. 재단에선 최고로 높은 자리잖아요? 자, 망설이지 말고 계약서를 읽어보세요. 그렇게 나쁜 계약이 아닐 겁니다."

계약서를 본 제임스 연구원은 놀라 자리에서 일어났다. 그리고 도망치듯 격리실을 나가버렸다. O5 감독관이 되게 해주는 대신 그가 치러야 할 대가가 너무나도 끔찍했기 때문이다. 제임스가 나가자 펜과 잉크 서류 종이들이 다시 서랍 속 제자리로 돌아갔다.

제임스 연구원의 첫 실험이 끝난 후 본격적인 실험이 시작됐다. 다음 실험 대상은 D등급 인원이었다. D등급 인원인 조지가 의자에 앉자 아름답고 요염한 여자가 나타났다. 여자는 매혹적인 웃음을 지으며 말했다.

"조지, 지금 당신이 원하는 게 뭔지 난 다 알아요. 당신은 자유를 원하죠? 죄수가 돼서 감옥에 갇히고, 재단에 끌려와 언제 어떻게 될지 모를 위험한 실험에 끌려다니고. 이런 곳에 억지로 더 있고 싶지 않잖아요?"

"그래, 맞아. 난 여기서 자유로워지고 싶어."

여자의 말에 조지가 고객를 끄덕이며 대답했다. 여자가 다시 씨익 웃어 보이며 말했다.

"그래요, 그럼 그 대가로 당신이 가장 소중하게 생각하는 친구의 기억을 받아갈게요. 앞으로 두 사람은 전혀 모르는 사이가 되는 거예요."

"그래. 가져가. 그 정도 대가라면야."

여자가 내민 계약서에 조지는 냉큼 서명했다. 계약이 끝나자 조지는 그 자리에서 감쪽같이 사라졌다. 재단이 조지를 다시 찾아낸 것은 다섯 시간 후였다. 계약서는 조지가 쓰는 말인 영어로 되어 있었다.

재단은 혹시 계약서를 다른 언어로도 쓸 수 있지 않을까 궁금했다. 고향에서 영어가 아닌 말을 쓰는 D등급 인원 라훌을 악마의 거래 의자에 앉혔다. 라훌이 받은 계약서는 그가 고향에서 쓰는 말로 되어 있었다. 실험 내내 라훌은 고향에서 쓰는 말을 썼다. 라훌은 조지와 조금은 다른 제안을 받았다. 자유를 얻는 게 아닌 자유를 얻을 '힘'을 준다는 내용이었다. 그리고 그 대가로는 라훌의 엄마에 대한 기억이 제시되었다. 기억이 지워지면 라훌과 엄마는 서로 남남이 된다. 라훌이 계약서에 서명을 하자 곧바로 라훌의 몸집이 커지기 시작했다.

"크아아아아!"

완전히 괴물로 변신한 라홀은 격리실 벽을 간단하게 뚫고 나왔다. 당황한 연구원들이 소리쳤다.

"보안 요원! 보안 요원을 불러!"

괴물로 변한 라홀은 너무나 강력했다. 라홀은 그동안 자신을 가둬둔 재단이 미웠던 것 같다. 아니면 새로 생긴 넘쳐나는 힘을 휘둘러보고 싶었는지도 모른다. 괴물이 된 라홀은 재단 기지를 여기저기 부수며 난장판을 만들었다.

"쏴! 계속 쏴!"

보안 요원들은 라홀에게 총을 쐈다. 라홀은 끄떡도 하지 않았다. 결국 탱크까지 부술 수 있는 대포를 쏘고 나서야 라홀이 쓰러졌다. 재단은 큰 피해를 있었다. 많은 수의 보안 요원과 연구원들이 희생당했다.

괴물로 변한 라홀이 격리실을 뛰쳐나간 직후의 일이었다. 실험을 기록하던 녹음기에 알 수 없는 목소리가 잡혔다.

"이렇게 간단히 유혹에 넘어와서야…. 재미없잖아."

예상치 못한 큰 피해가 발생하자 재단도 대책이 필요했다. 앞으로 재단은 악마의 거래 의자에 똑똑한 사람을 앉히지 않기로 했다.

다음 실험 대상은 글도 잘 못 읽고 머리도 나쁜 D등급 인원 맥스였다. 맥스는 다른 사람들보다 덩치가 컸다. 하지만 머리가 나쁜 탓에 해도 되는 일과 안 되는 일을 잘 구분하지 못했다. 결국 맥스는 나쁜 일을 저질러서 벌을 받았다. 이후 재단에 D등급 인원으로 끌려온 터였다. 맥스는 악마의 거래 의자에 앉더니 박수를 쳤다.

"와! 커다란 토끼다! 안녕, 토끼야! 분홍색이다, 분홍색!"

토끼가 계약서를 내밀었지만 맥스는 글을 못 읽었다. 분홍색 토끼는 계약서에 어린애가 그린 듯 삐뚤빼뚤한 그림을 그렸다. 맥스한테 계약 내용을 설명하기 위해서였다.

"그러니까 네가 들고 있는 그 인형을 나한테 달라니까? 그럼 햄버거랑 주스를 줄 거라니까?"

"와, 햄버거 줘! 빨리 줘!"

맥스는 손에 들고 있는 인형을 흔들며 기뻐했다. 분홍색 토끼는 다시 그림을 그려가며 설명했다.

"그냥 주는 게 아니라, 네가 들고 있는 그 인형. 그걸 나한테 줘야 햄버거랑 주스를 줄 거야."

"내 친구 몹시를? 안돼. 햄버거 빨리 줘."

맥스는 인형에 '몹시'라는 이름을 붙였었다. 한참 동안 실랑이를 벌이며 분홍 토끼는 그림 밑에 영어로 맥스 흉을 봤다.

'얘는 왜 이리 멍청한 거야?'

'고릴라도 얘보단 똑똑하겠다.'

한참 후에야 분홍색 토끼는 맥스의 서명을 받아냈다. 계약을 끝내자 맥스 앞에 커다란 햄버거가 반짝이는 은색 식기에 담겨 나타났

다. 크리스털 잔에 포도주 같은 색의 포도 주스도 나타났다.

맥스는 신이 나서 햄버거를 들고 우걱우걱 먹었다.

"꺼어어억~!"

맥스는 긴 트림까지 하면서 배를 두들겼다. 하지만 곧 자기 인형이 없다는 사실을 깨달았다. 햄버거를 주는 대가로 악마가 인형을 가져 갔기 때문이었다.

"몹시? 몹시? 몹시 어디 있어! 내 몹시이!"

맥스는 엉엉 울면서 주변을 여기저기 찾기 시작했다. 하지만 거래의 대가로 사라진 몹시는 어디에서도 찾을 수 없었다. 맥스는 엉엉 울면서 몹시를 내놓으라고 떼를 썼다. 덩치 큰 맥스를 막아내려면 보안 요원들 여럿이 달라붙어야 했다. 한참 실랑이를 벌이고 나서야 겨우 맥스를 격리실 밖으로 데리고 나갈 수 있었다. 맥스가 격리실 밖으로 나가고 나서 악마의 거래 책걸상이 있는 곳에서 작게 한숨 소리가 들려왔다.

몹시가 사라진 이후 맥스는 내내 시무룩해 있었다. 그런 맥스를 불쌍하게 여긴 재단 직원이 몹시와 똑같이 생긴 인형을 갖다 줬다. 맥스는 엄청 기뻐하며 인형을 받아들고 방방 뛰었다.

"몹시~! 몹시가 돌아왔다!"

맥스가 그 인형을 몹시라고 부른 순간 인형은 다시 뽕! 하고 사라졌다. 햄버거의 대가가 '몹시'였다. 그러니 맥스는 '몹시'라는 이름이 붙은 인형을 가질 수 없었던 것이다. 맥스는 다시 한참을 엉엉 울면서 몹시를 찾았다. 하지만 재단 직원들도 이젠 어떻게 해줄 수가 없었다.

이쯤 되니 재단은 악마의 정체가 궁금해졌다. 의자에 앉는 사람마다 다른 모습으로 나타나니 어떤 모습이 진짜인지도 알 수 없었다. 그래서 이번엔 모리스 연구원이 의자에 앉았다. 모리스 앞에는 사람 머리보다 더 거대한 구렁이가 의자에 똬리를 틀고 있었다. 그 모습에 놀란 모리스가 두 눈을 부릅뜨고 물었다.

"네 정체가 무엇이냐?"

구렁이가 혀를 날름거렸다. 그리고 나긋나긋하고 부드러운 목소리로 말했다.

"죄송하지만 제 개인 정보는 공개할 수 없습니다."

모리스 연구원은 더 이상 들을 수 있는 말이 없다고 생각했다. 모리스 연구원이 자리에서 일어나려는 찰나 구렁이가 또 입을 열어 감미로운 목소리로 물었다.

"혹시 [데이터 말소]에는 관심이 있으신가요?"

모리스가 화들짝 놀라 자리에서 일어나 부르르 몸을 떨었다. 방금 들은 말이 너무나도 끔찍해서 모리스는 정신을 잃을 것 같았다. 모리스가 쓰러질 듯 비틀거렸다. 보안 요원들이 격리실로 들어가 그를 부축해 밖으로 데리고 나갔다. 모리스는 큰 충격을 받았고 곧바로 병원에 입원해야만 했다.

모리스 연구원이 나간 뒤 책걸상에서 이번에도 작은 중얼거림이 들려왔다.

"생각보다 충격이 컸나 보군. 재밌는 거래가 될 수 있었는데."

이번에는 재단의 변호사 쉘든 카츠 씨가 악마와 거래를 해보겠다고 나섰다. 카츠 씨는 나이도 많고 실력도 있는 변호사였다. 그는 자

기가 원해서 거래를 하러 왔다는 증명 서류 수십 장을 보여주며 대화를 시작했다. 악마는 다른 사람 대신 온 사람과 거래하지 않기 때문이었다.

카츠 씨 앞에 나타난 모습은 양복을 입고 머리에 뿔이 달린 악마의 모습이었다. 수많은 서류를 준비해온 카츠 씨를 보고 악마는 즐거워하며 씨익 웃어 보였다.

"만만찮은 분이 계약하러 오셨군. 이런 철저한 사람과 하는 계약은 언제나 즐겁지. 어디 한 번 계약해볼까요?"

카츠 씨는 무슨 할 말이 그렇게 많은지 악마와 격렬한 대화를 이어갔다. 대화가 길어질수록 계약 서류도 엄청나게 많아지고 있었다. 악마와 카츠 씨는 계약서에 적혀 있는 글자 하나하나 의미를 확실히 해야 한다며 입씨름을 벌였다.

"그러니까 이 부분에선 '해야 한다'는 말이 어떤 뜻인지 명확히 해야 합니다."

"'해야 한다'가 의무적으로 무조건 해야 한다는 뜻입니까? 아니면 도덕적으로 해야 하지만 안 해도 계약을 어기는 건 아니라는 의미입니까?"

단어 하나하나 따져가며 두 사람은 계속 계약서를 작성해 나갔다. 얼마나 치열하게 계약서를 만드는지 이틀이나 꼬박 밤을 새웠다. 젊은 사람에게도 힘든 일이었다. 카츠 씨는 나이까지 많았다. 결국, 카

츠 씨는 힘들어서 기절해버리고 말았다.

지켜보던 연구원들과 보안 요원이 깜짝 놀라 카츠 씨를 재단 병원 응급실로 데려갔다. 하루종일 잠을 잔 카츠 씨는 일어나더니 무슨 일이 있었는지 설명했다.

"우리가 쓴 계약 서류만 900장이 넘어갔어요. 그 서류는 어디 있나요?"

"서류요? 900장이요? 전부 책상 서랍에 들어가더니 사라졌어요."

연구원의 말에 카츠 씨는 한숨을 내쉬며 안타까워했다.

"내 평생 그렇게 완벽한 계약 서류는 없었습니다. 정신을 잃기 전에 복사본이라도 받아놔야 했는데."

카츠 씨는 답답함에 가슴을 쳤다. 그의 품에서 무언가 부스럭거리는 소리가 들렸다. 카츠 씨는 양복 주머니에 손을 넣었다. 주머니에는 빨간 가죽 봉투 하나가 들어 있었다. 지옥의 유황불 냄새처럼 꼬릿꼬릿한 냄새가 나는 봉투였다. 봉투를 열자 멋들어진 글씨체로 써진 메모 한 장이 나왔다.

'언제라도 다시 오시오. 이렇게 치열한 계약을 즐긴 게 몇 년만인지 모르겠군요.'

![SCP Secure. Contain. Protect]

SCP-5031
또 살인 괴물이야?

살인 괴물은 이제 그만!

SCP-5031은 사람과 약간 비슷하게 생긴 괴물이다.

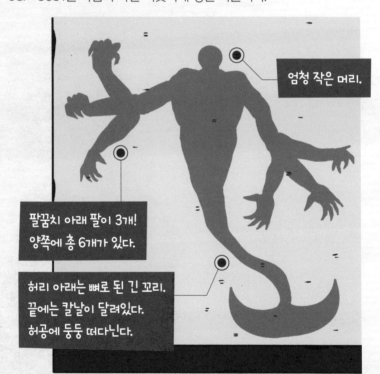

엄청 작은 머리.

팔꿈치 아래 팔이 3개!
양쪽에 총 6개가 있다.

허리 아래는 뼈로 된 긴 꼬리.
끝에는 칼날이 달려있다.
허공에 둥둥 떠다닌다.

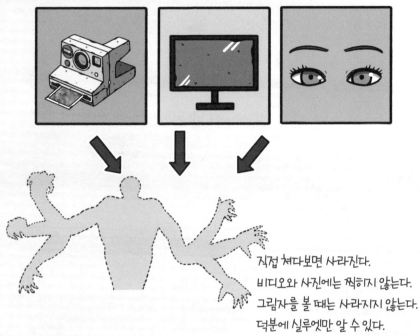

직접 쳐다보면 사라진다.
비디오와 사진에는 찍히지 않는다.
그림자를 볼 때는 사라지지 않는다.
덕분에 실루엣만 알 수 있다.

잠도 안 잔다.
소리는 내지만 말을 못 한다.

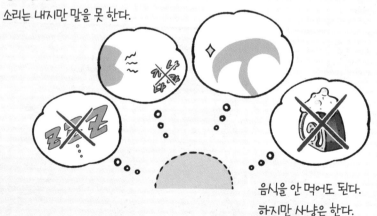

음식을 안 먹어도 된다.
하지만 사냥은 한다.

특수격리절차:

제59생물기지에 설치한 강철 격리실에 SCP-5031을 격리한다. 2주에 한 번씩 격리실에 상처가 없는지 검사한다. 그 외 조치는 필요하지 않다.

격리실 속 미운 우리 새끼

확보하고, 격리하고, 보호한다. SCP 재단의 목표다. SCP 재단은 수많은 SCP들을 격리하고 있다. 그중 세상을 멸망시킬 수 있는 SCP도 많다. 사람들을 지키기 위해 오늘도 SCP 재단은 열심히 일하고 있다. 하지만 SCP라고 무조건 위험할까?

그렇지 않다고 생각하는 사람이 바로 스탠리 박사다. 그는 SCP-5031의 격리를 책임지게 됐다. 서류를 살펴보던 박사는 탄식했다. 이 SCP는 그 흔한 별명조차 없었다.

"말도 안 돼. 엄연히 살아있는 생물인데, 그냥 상자 속에 가둬둔다고?"

잠깐 좁은 곳에 갇히기만 해도 답답해진다. 근데 SCP-5031은 10년 동안 작은 격리실에 계속 갇혀 있었다.

"이건 살아있는 생물한테 할 짓이 아니야."

이런 격리방식은 너무 잔인했다. 아무리 위험한 SCP라고 해도. 게다가 죽이기 어려운 도마뱀처럼 문제를 일으키지도 않았다. 위험한 SCP라고 무조건 가둬둬야 할까? 스탠리 박사는 그렇게 생각하지 않았다.

스탠리 박사는 SCP-5031을 〈금쪽이〉라고 불렀다. 정식 별명은 아니지만, 그렇게 불렀다. 지금은 위험해 보이는 SCP가 맞다. 하지만 어떻게 바꿔볼 수 있지 않을까 하는 바람에서였다. 스탠리 박사는 SCP-5031, 금쪽이에게 여러 가지 실험을 해보기로 했다.

먼저 음악을 들려줬다. 여러 가지 음악을 들려줬는데, 금쪽이는 클래식 음악을 마음에 들어했다. 싫어하는 음악을 틀어주면 여지없이 끼이에엑 하고 비명을 질렀다.

스탠리 박사는 굉장히 흥미롭게 생각했다.

"강아지나 젖소들도 클래식 음악을 들으면 기분이 좋아진다던데. 금쪽이도 그런가 보네."

금쪽이가 다양한 반응을 보이자 박사도 신이 났다.

그 다음으로 금쪽이에게 공을 줘봤다. 금쪽이는 공을 보자마자 대뜸 꼬리를 휘둘렀다.

— 푸쉬이이이이이이

꼬리에 달린 칼날에 축구공이 반으로 갈라졌다. 배구공을 줘봤

지만 결과는 마찬가지. 금쪽이의 본능적인 반응이었나 보다. 스탠리 박사가 머리를 긁적였다.

"이러면 안 되는데. 아예 단단한 공을 줘볼까?"

그래서 이번에 등장한 공은 볼링공이었다. 금쪽이는 여지없이 꼬리를 휘둘렀다.

—깡!

단단하고 무거운 볼링공은 끄떡없었다. 긁힌 자국이 남긴 했지만, 여전히 멀쩡했다. 금쪽이는 볼링공을 조심스럽게 툭툭 쳐봤다. 곧 놀라운 일이 일어났다. 금쪽이가 볼링공을 이리저리 굴리며 놀기 시작하는 게 아닌가. 그 모습을 보자 스탠리 박사가 만족스러워했다.

"예상대로 성공이네. 볼링공 하나 더 던져주자고."

금쪽이는 새로 얻은 볼링공을 바로 공격하지 않았다. 오히려 공 두 개를 이리저리 부딪히고 굴리며 놀았다. 실험에 참가한 연구원들이 모두 신기한 듯 쳐다봤다.

"오늘 실험도 성공적이구먼. 그럼 금쪽이는 놀게 놔두고 이만…."

─쩌억!

스탠리 박사의 말이 채 끝나기도 전에 뭔가 깨지는 소리가 났다. 예고도 없이 볼링공 하나가 깨져버린 것이다. 금쪽이가 너무 신이 났는지 볼링공을 거칠게 갖고 논 탓이었다.

"끼에에에에에에엑!"

깨진 볼링공을 잡고 금쪽이가 비명을 질렀다. 그 모습이 불쌍했는지 스탠리 박사가 말했다.

"볼링공이 꽤 재밌었나 보네. 하나 더 던져주자고."

"박사님, 준비한 볼링공은 저게 다예요. 농구공 하나만 남았는데요?"

"그래? 그럼 농구공을 줘보자고. 공이 뭔지 이해한 것 같은데, 이번엔 어떻게 나올지 궁금하구먼."

스탠리 박사의 지시대로 연구원이 농구공을 굴려 넣었다. 비명을 지르던 금쪽이도 농구공을 발견했다. 통통통 튕기던 농구공이 금쪽이 몸에 닿았다. 금쪽이는 잠시 농구공을 보더니 손으로 집어 들었다. 곧 금쪽이는 농구공을 바닥에 떨어뜨렸다. 통통 튕기는 모습이 신기했는지, 금쪽이는 곧 손으로 어설프게 농구공을 튕겼다.

그 모습에 연구원들이 다들 감탄했다.

"금쪽이가 농구공을 갖고 놀아요. 처음과는 전혀 달라요!"

"공은 위험한 게 아니고 장난감이란 사실을 배웠어. 앞으로 실험이 기대되는군."

스탠리 박사가 눈을 빛냈다. 금쪽이가 달라질 수 있다는 희망이 보인 것이다.

다음 실험은 음식 실험이었다. D 등급 인원인 로버트에게 큼지막한 돼지 생고기를 들고 격리실에 들어가게 했다. 로버트를 보자마자 금쪽이가 달려들었다.

"으아악!"

금쪽이가 좀 더 유순해졌다고 생각한 건 착각이었을까? 금쪽이는 로버트를 공격했다. 불행인지 다행인지 로버트는 죽지 않았다. 금쪽이를 피하려고 몸을 날린 순간, 벽에 머리를 박고 기절해버렸다. 금쪽이는 로버트를 더 공격하려고 했다. 하지만 곧 그가 움직이지 않자 관심을 껐다. 금쪽이는 로버트와 돼지 생고기를 번갈아 쳐다봤다.

"금쪽이가 사람을 먹으려 들까요?"

"예전엔 맹수처럼 사람을 잡아먹었다는 기록이 있긴 해."

스탠리 박사도 조금 긴장한 얼굴이었다. 사람을 한번 잡아먹은 맹수는 사람을 계속 사냥한다고 했다. 금쪽이가 그렇게 되면 안 됐다. 지금까지의 실험이 수포로 돌아갈 테니까. 다행히 금쪽이는 돼지 생고기를 택했다. 로버트를 놔둔 채 생고기를 쩝쩝 먹어댔다.

　연구원들 모두 가슴을 쓸어내렸다. 스탠리 박사가 안도의 한숨을
쉬었다.

　"다행히 돼지고기를 더 좋아하는군. 계속하지."

그다음부턴 안전하게 기계로 음식을 넣어줬다. 결과는 재미있었다. 금쪽이는 생닭보단 돼지 생고기를, 그리고 돼지 생고기보단 치킨을 좋아했다.

스탠리 박사가 박수를 쳤다.

"놀랍군! 금쪽이도 '맛'을 느낄 줄 알아! 사람을 공격한 것도 단순히 배고파서였어!"

"생고기보다 치킨을 먹을 때 스트레스 수치가 더 떨어졌어요."

배고파서 사람을 공격했다면 배불리 먹이면 될 일. 스탠리 박사는 새로운 실험을 떠올렸다.

연구팀은 일단 금쪽이를 배부르게 먹였다. 그 뒤 격리실에 로버트를 넣었다. 로버트의 눈은 가려졌다. 직접 금쪽이를 쳐다보면 금쪽이가 사라지기 때문이었다.

금쪽이는 로버트를 보고 가만히 있었다. 잠시 후 금쪽이가 농구공을 슬쩍 미는 게 아닌가? 굴러온 농구공이 로버트에게 닿았다.

"으악!"

로버트는 눈을 가려 앞이 안 보이니 긴장하고 있었다. 뭔가 몸에 스치기만 해도 놀랄 수밖에. 금쪽이의 모습을 보니 스탠리 박사는 뭔가 떠올랐다. 공놀이를 하자고 공을 굴리는 강아지와 비슷해 보였다. 박사는 마이크로 로버트에게 지시했다.

"농구공이니 너무 호들갑 떨지 말고. 농구공을 앞으로 밀어보게."

로버트는 주변을 더듬어 농구공을 찾았다. 그리고 앞으로 천천히 굴렸다. 금쪽이는 굴러온 공을 잡더니 다시 앞으로 밀었다. 그렇게 로버트와 금쪽이는 서로 공을 주고 받았다.

"스트레스 수치가 떨어지고 있어요, 박사님. 금쪽이가 공놀이를 즐기고 있나 봐요."

격리실에서 나온 로버트도 안도의 한숨을 쉬었다.

"와! 꼼짝없이 죽을 줄 알았는데! 저 친구 생각보다 괜찮은데요?"

"그래, 앞으로 더 많은 걸 해보자고. 로버트 자네도 돕게."

연구원들은 다음 실험이 벌써 기대됐다. 금쪽이가 어떤 결과를 보여줄지 궁금했기 때문이다.

금쪽이는 생각보다 똑똑했다. 사진을 보고 물건을 구분했기 때문이다. 돌과 치킨의 사진을 보여주자, 금쪽이는 치킨 사진을 쿡쿡 눌렀다. 그 모습을 보고 스탠리 박사에게 기발한 생각이 났다. 바로 돌과 치킨 사진이 붙은 자판기였다. 금쪽이는 자판기 작동방식을 금세 배웠다. 곧 금쪽이는 치킨이 나오는 버튼을 눌렀고, 배부를 때까지 치킨을 먹었다. 자판기 사진 아래 이름을 적어두자, 나중에는 '돌'과 '치킨'이란 단어만 보고도 구분했다. 스탠리 박사가 감탄해서 소리쳤다.

"금쪽이가 글까지 배웠어! 잘만하면 사람처럼 말도 시킬 수 있을 거야!"

스탠리 박사와 연구원들은 금쪽이를 가르치는 일에 집중했다. 금쪽이는 가르치는 족족 금세 배웠다. 연구팀이 오히려 신나서 더 열심히 가르쳤다. 금쪽이는 글로 의사소통을 할 수 있게 됐다. 그림도 그렸고, 음악도 연주할 수 있었다. 심지어 작곡까지 했다. 손이 여섯개 달린 금쪽이만이 연주할 수 있는 곡이었다.

　　그림도 음악 연주도, 모두 로버트가 직접 시범을 보여줬다. 금쪽
이와 직접 만나는 일이 많아지자, 로버트는 금쪽이를 각별히 생각했
다. 금쪽이도 로버트를 볼 때마다 즐거운 듯 소리를 냈다. 금쪽이가
만든 첫 요리도 그가 가장 기뻐했다.

"금쪽이가 만든 음식인데, 당연히 제가 먼저 먹어봐야죠. 이 녀석
요리에도 재능이 있다니까요?"

금쪽이도 요리가 재미있었는지 열심히 배웠다. 곧 금쪽이는 웬만
한 요리사 못지않은 실력을 쌓았다.

스탠리 박사는 이제 더 이상 금쪽이에게 가르칠 것이 없었다. 사람만이 할 수 있다고 믿는 말, 그림, 음악, 요리. 이 모든 걸 가르쳤기 때문이다. 이제 모든 실험이 성공적으로 끝났다. 마지막으로 스탠리 박사가 한 가지 제안을 했다.

"금쪽이 실험이 다 끝났으니까, 축하 파티를 하는 건 어떤가? 금쪽이에게 파티 준비를 전부 맡겨보는 거야."

연구원들과 로버트 모두 환영이었다. 그동안 금쪽이가 배운 모든 걸 보여줄 차례였다. 마침 곧 명절이 다가오고 있었다.

스탠리 박사는 금쪽이가 위험하지 않은 SCP라는 걸 재단에 보여주고 싶었다. 그래서 금쪽이가 코스요리를 만들 수 있도록 도와줬다.

마침내 명절이 되자, 금쪽이는 재단 직원들을 위해 멋진 코스요리를 만들었다. 우아하고 맛있는 음식을 먹게 되자 직원들은 모두 신이 났다. 금쪽이는 여기서 그치지 않았다. 금쪽이는 자신이 처음 작곡한 피아노곡을 선보였다. 아름다운 음악 소리에 모두가 행복한 시간을 보냈다. 기지를 책임지는 이사관마저 고개를 끄덕일 수밖에 없었다.

3장
무서운 SCP

SCP-5798
하수도뱀

하수도 속애요? 뱀이요? 왜요?

SCP-5798 하수도뱀은 미국 플로리다 주의 한 건물 하수도 속에 산다.

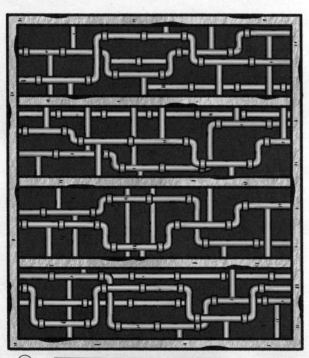

몸이 엄청 길다!
하수도 전체를 가득 메우고 있다!

SCP
확보 / 격리 / 보호

여기저기에 하수구 끝에 문어발 같은 다리가 있다.
피부가 투명해서 핏줄도 보인다.
근데 왜 금발 머리카락이 조금 보이지?

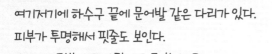

안녕?

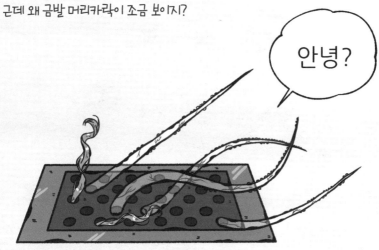

평소에는 얌전하다.
남자 샤워실 하수구 덮개 구멍으로 가끔 문어
발을 내민다.
어린이 키(1.2m)만큼 문어발을 뻗을 수 있다.
사람처럼 똑똑하고 말도 한다!

특수격리절차:
재단은 SCP-5798이 있는 건물을 사서 사람들이 들어가지 못하게 한다. 경비
인원 2명이 지키며 무단 침입을 막는다.

혹시 그 속에 키 작고 수염 난 아저씨도 있어?

오늘도 많은 사람이 바쁘게 살아간다. 엄마 아빠들은 새벽부터 일하러 나간다. 아침이 되면 아이들은 학교에 간다. 다들 바쁘지만, 어떤 사람들은 더 바쁘기도 하다. 여기 있는 해리 연구원처럼. SCP-5798 하수도뱀을 처음 연구한 사람이 바로 그다. 퀭한 두 눈에는 아무 의욕도, 열정도 없었다. 아침부터 샤워실 하수도 구멍을 들여다보고 있으니 그럴 만도 했다. 적어도 해리가 생각한 '연구'는 이러진 않았을 테니까. 그런 그에게 누군가 말을 걸어왔다.

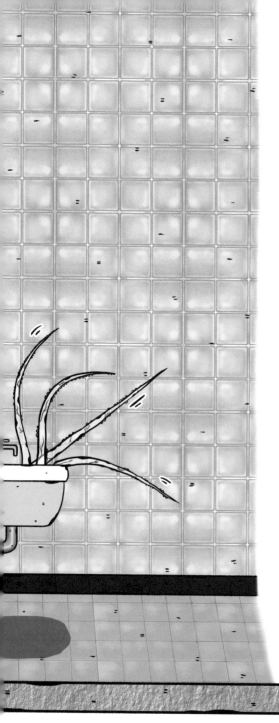

"이봐!"

"응?"

해리가 고개를 들었다. 주위를 둘러봤지만 아무도 없었다.

"여기라고, 여기. 하수구 안에 말야."

해리가 고개를 숙였다. 거름망처럼 구멍이 뚫린 하수구 덮개. 그 너머로 문어발 같은 다리가 보였다. 해리는 짧은 탄성을 질렀다. 아무런 감정 없는 목소리였다. 마치 잠깐 잃어버린 연필이라도 찾았다는 투였다.

"아."

하수도 아래 목소리, 하수도뱀은 꽤 실망한 눈치였다.

"아? 그거뿐이야? 보통 놀라지 않아? 나 같은 사람하고 자주 얘기했나 봐?"

해리가 한숨을 푹 쉬며 대답했
다.

"믿거나 말거나 일주일 동안 대
화한 상대 중에 넌 꽤 멀쩡한 편
이거든."

하수도뱀이 놀란 듯 말했다.

"진짜? 뭐 아침 7시부터 밤 11
시까지 일하거나 그러는 거야?"

"거의 뭐 그런 셈이지."

해리가 한숨을 쉬었다. 눈 밑에
검은 그림자가 더 짙어지는 것 같
았다. 뭔가 생각난 듯 해리는 클
립보드와 펜을 집어 들었다.

"아, 뭐라도 물어보길 원하겠
지? 그럼 어디 보자. 어…"

그는 막상 물어보려고 하니 뭐
부터 물어볼지 몰랐다. 그래서

간단한 것부터 물어보기로 했다.

"이름이 뭐야?"

"없는데."

"네 정체가 뭐지?"

"딱히 상관없잖아?"

해리는 손으로 아래를 가리키며 물었다.

"어쩌다 그렇게 된 거야?"

"몰라."

"아, 진짜."

해리는 한숨을 푹 쉬었다. 이런 식이면 안됐다. 어떻게든 구슬려서 뭐라도 알아내야 했다. 그게 '연구'니까.

"미안. 그게…. 그런 식으로 보고서를 올릴 수가 없어서 그래. 윗분들은 정보를 원하니까."

하수도뱀은 정말 미안한 듯 사

과했다.

"아 그래? 그럼 미안. 정말 미안한데, 그런 질문의 답은 나도 정말 몰라. 근데 '윗분'이 누구야?"

"나한테 일 시키는 사람들. 월급 주는 사람들 말야."

이름도 몰라, 왜 이러는지도 몰라, 정체도 몰라. 그런 식으로 보고서를 받으면 누가 좋아할까? 일 못 한다고 잔소리나 할 게 눈에 선했다. 상상만 해도 두통이 몰려왔다. 해리는 손으로 머리를 문지르면서 말했다.

"이봐, 만약에 네가 그냥 뭔가 꾸며내서 말해도 그걸 구별할 방법은 없어. 나도 그냥 연구 보고서에 내 이름 한 줄 올리면 돼. 알았지?"

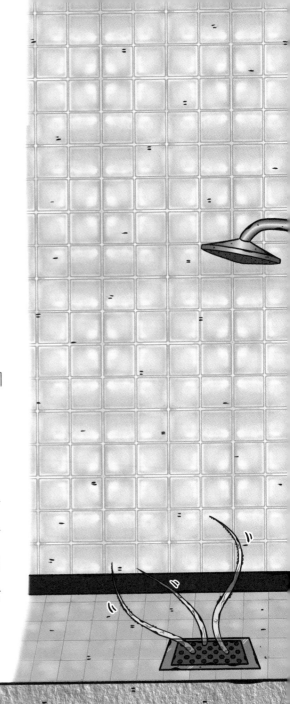

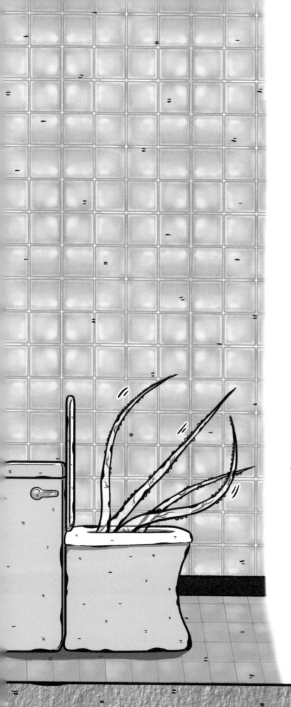

해리가 사정했지만 하수도뱀은 여전히 솔직했다.

"무례하게 굴려고 하거나 그런 건 아니었어. 그냥 나도 그런 걸 모르는 거 뿐이야. 미안해."

해리는 긴 한숨을 다시 쉬었다. 그리고 마치 앞에 사람이 있는 것처럼 손을 저었다.

"아니야, 괜찮아…. 괜찮아."

해리의 목소리는 마치 곧 울 것 같았다. 누가 들어도 힘들어하는 사람의 목소리였다. 그러자 도리어 하수도뱀이 걱정스럽게 물었다.

"정말 괜찮은 거 맞아? 무슨 일이야? 솔직하게 말해도 돼. 다 들어줄 테니까."

그 말에 해리가 울컥했다. 평소라면 괜찮다고 대수롭지 않게 넘길 것이다. 하지만 피로가 쌓이고, 스트레스가 쌓이고, 마음속 응어리가 풍선처럼 부푼 상태였다. 하수도뱀의 말은 바늘 하나로 그 풍선을 쿡 찔러준 것과 같았다. 결국 해리의 불만이 뻥 터지고 말았다.

"그동안 너무 많은 일이 있었어. 일도 많고, 지쳤고, 너무 외로워. 대출 이자 때문에 죽겠고. 재단은 세상에서 가장 돈이 많아. 그럼 직원 빚 정도는 갚아줄 거 같지? 절대 안 그래. 하루종일 의미 없는 연구만 시키고. 몸 성히 은퇴나 할 수 있을까? 그전에 죽지 않으면 다행이지! 아니면 평생 휠체어를 탄 신세가 되거나! 언제 그렇게 될지 알겠어! 하수도 괴

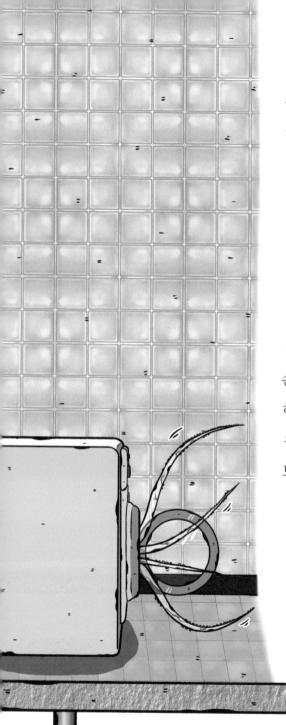

물한테 얘기하다가? 어쩌면 평범
해 보이는 책 한 권 훑어봤다가?
매번 예상 못 한 위험이 도사린다
고! 이게 말이 되냐고!"

　해리는 속에 담아둔 말을 쏟
아냈다. 마지막에는 화가 난 듯
소리도 질렀다. 말을 끝냈지만
씩씩대기까지 했다. 하지만 곧 화
는 슬픔으로 바뀌었다. 해리는 두
손으로 얼굴을 가리고 흐느꼈다.
하수도뱀은 여전히 부드러운 말로
위로했다. 손이 있었다면 어깨라도
토닥여줬을 듯한 말투였다.

　"전부 토해내라고, 친구. 전부
다 얘기해. 들어줄 테니까."

　해리가 울먹이며 말했다.

　"인기도 없고 친구도 없어. 왜냐
고? 진짜, 정말, 항상 할 일이 너

무 많아. 몇 년 동안 4시간도 못
잤다고, 몇 년 동안!"

하수도뱀도 깜짝 놀랐다. 무슨
말을 해야 할지 모르는 목소리였
다.

"세상에. 와…. 진짜 힘들었겠
다. 그렇게 어렵게 사는지 전혀
몰랐어."

"돈 많은…훌쩍, 몇 사람 빼고…
다… 그렇게 살아."

해리는 여전히 훌쩍거렸다. 잠
시 해리가 진정하게 두던 하수도
뱀이 말했다.

"음. 딱히 자랑하는 건 아닌데,
나 그러지 않아도 되더라고."

해리가 절규하듯 크게 소리쳤다.

"니가 뭘 알아? 넌 그냥 하수도
뱀일 뿐이잖아!"

"이봐, 이쪽도 꽤 세련된 곳이라고! 여기도 뭐든지 다 있어. 자고 싶은 만큼 자고, 종일 영화도 보고."

"잠깐, 진짜?"

울던 해리가 화들짝 놀라 물었다. 하수도뱀이 당연하다는 목소리로 답했다.

"완전 진짜지. 영화, 티비, 게임, 인터넷 방송, 뭐든 하고 싶은 대로 하고 살아. 보통은 종일 인터넷에서 살다시피 하거든."

하수도뱀이 키득거렸다. 해리가 부러운 듯 물었다.

"그러니까… 인터넷도 되고, 자고 싶은 만큼 자고, 또…. 또 뭐해? 종일 뭐 하고 지내?"

하수도뱀이 자랑하듯 말했다.

"말했잖아. 인터넷 방송도 보고, 커뮤니티도 들어가고, 온라인 게임도 하고. 아 맞다. 20분 뒤에 레이드 뛰어야 하는데. 그러니까 괜찮으면 나 이만 가볼게."

"아…진짜 좋겠다."

해리가 부러워하며 작게 탄성을 질렀다. 하수도뱀은 놀랄 것 없다는 듯 말했다.

"그쪽 삶보단 낫긴 하지. 단점이라면 좀 외로울 수도 있다는 것 정도? 근데 너도 그렇게 사교적이진 않은 듯한데? 아마 하수도 아래랑 더 잘 어울릴 거 같네."

해리는 여전히 망설였다. 다음에 나온 말이 해리의 관심을 돌렸다.

"요즘은 글도 써. 나 스스로 돌아보기 좋거든."

"글도 쓴다고…? 나도 어릴 때 꿈이 작가였어! 로맨스 소설 작가가 되고 싶었어. 근데 작가로 밥 먹고 살 수 없을 거 같아서 못했었거든."

흥분한 해리가 말했다. 하수도뱀도 맞장구를 쳤다.

"그래, 바로 그거야. 잃어버린 꿈을 찾아서! 너도 여기 아래로 내려와. 장담하는데 정말 마음에 들 거야. 나도 친구가 생기니 좋고, 너는 원하던 삶을 살고. 누이 좋고 매부 좋고!"

"근데 정말 그래도 될까?"

"네가 정해야지. 원하는 대로 해. 그 위에 있다간 나중에 후회할걸?"

"그래? 네 말이 맞아! 이제 이건 필요 없어!"

해리가 손에 들고 있던 클립보드와 펜을 내팽개쳤다. 촬영 장비도 밀어 넘어뜨렸다. 재단이 준 연구 장비들만 봐도 지긋지긋했다. 해리가 양팔을 높이 치켜들고 소리쳤다. 오랜만에 자유를 느끼자 들뜬 목소리였다.

"재단 따위 꺼지라고 그래! 난 내 삶을 살 거야!"

"그렇지! 바로 그거야!"

해리는 신나서 제자리에서 춤을 추기까지 했다. 잠시 동안 말이 없던 하수도뱀이 입을 열었다.

"어, 재촉하는 건 아닌데, 하수구 덮개가 있는 곳으로 와줄래? 그럼 내가 아래로 쭉 잡아당길게. 그러니까 원할 때…."

하수도뱀이 말을 다 끝내기도 전에 해리가 샤워실로 폴짝 뛰어들었다. 그의 양발이 하수구 뚜껑 바로 앞에 착지했다. 해리가 안달 난 목소리로 소리쳤다.

"나 완전 준비됐어! 준비됐다고! 드디어 자유다아!"

하수구 덮개의 구멍을 통해 작은 문어발들이 나왔다. 문어발들은 해리 연구원의 발목을 휘감았다. 그리고 천천히 잡아당겼다. 해리는 신이 나서 계속 소리쳤다.

하지만 하수구 구멍을 본 사람은 알 것이다. 하수구 구멍의 크기가 어떤지. 특히 건물 안의 하수도는 작은 파이프로 만든다. 그 안에 사람이 들어갈 수 있을까?

"끄아아아아악!"

샤워실에 비명이 울려 퍼졌다. 하지만 그 비명을 들은 사람은 아무도 없었다. 건물 안에는 해리 연구원 혼자였으니까.

곧 샤워실에는 아무도 없었다.

한참의 시간이 흐른 뒤. 직원들은 며칠 동안 계속 해리에게 연락을 시도했다. 당연하게도 연락은 닿지 않았다. 재단 직원들은 점점 연구원인 해리가 걱정되기 시작했다. 그의 발자취를 추적한 연구원들은 마침내 하수도뱀이 있는 건물까지 찾아왔다.

"해리? 해리! 있으면 대답해!"

연구원들과 보안 인원들은 건물을 샅샅이 뒤졌다. 하지만 그 어디에서도 해리를 찾을 수 없었다. 이들은 마지막으로 하수도뱀이 있는 샤워실을 찾았다.

"해리! 역시 여기에도 없는 건가?"

그 순간이었다.

"어이! 이봐!"

어디선가 목소리가 들렸다. 해리를 찾으러 온 사람들이 소리가 난 쪽으로 다가갔다. 구멍이 뚫린 하수구 덮개가 보였다. 연구원들은 서로를 쳐다봤다. 자신이 들은 방향이 맞는지 확인하는 눈치였다. 연구원 한 명이 조심스레 물었다.

"해리 연구원? 해리? 어떻게 거기 아래 있는 거야?"

"해리? 해리가 누군데?"

목소리는 분명 해리였다.

"아? 근데 그뿐이야? 나 같은 사람하고 자주 얘기했나 봐?"

그건 하수도뱀이었다.

SCP-2399
고장난 파괴자

반드시 막아야 한다

SCP-2399는 거대하고 복잡한 기계이다. 목성에 있다. 고장난 파괴자는 고장이 나기 전 목성을 공격했다. 그 결과 목성의 눈이라고 부르는 '대적반'을 만들었다.

지금은 부서진 상태
문어처럼 생긴 수리용 드론으로
자기 몸을 직접 수리 중이다.
절반쯤 몸을 고쳤다.

특징:
무한한 에너지원
재단의 과학 기술보다 훨씬 뛰어나고 강한 반물질 기반 무기
재단의 공격을 전부 막아내는 보호막.
한번 조준하면 절대 놓치지 않는 조준 추적 시스템

머나먼 삼각 은하에서
계속 명령이 오고 있다.
삼각 은하는 지구에서 빛의 속도로
3백만 년을 가야 나온다.
1971~1985년까지 자기 몸을
수리하라는 명령이 오고 있다.
재단은 위성으로 〈전열 장벽〉을 세웠다.
〈전열 장벽〉은 우주 멀리서 파괴자에게
보내는 명령을 막는다.
파괴자가 지구로 다시 출발하지
못하게 막고 있다.

특수격리절차:

고장난 파괴자는 목성에 있어서 재단이 격리할 수 없다. 천문관측소에서 찍은 파괴자의 사진이나 영상을 회수해야 한다. 다행히 아직 사람들은 파괴자가 있는지 모른다.

〈전열 장벽〉으로 파괴자가 자기 몸을 수리하는 상황을 계속 경계해야 한다. 어떻게든 완전히 고치지 못하게 막아야 한다.

언젠가 고장난 파괴자가 자기 몸을 대부분 고치게 될 것이다. 아니면 먼 우주에서 보낸 명령이 파괴자에게 닿을 수도 있다.

그럴 경우 재단은 〈군단병-5 프로토콜〉을 따라 행동한다.

모두 다 사라지고 혼자 살아 남으면 어떤 기분일까?

   베킷 박사는 달에 숨겨진 SCP재단 기지에서 혼자 살고 있다. 박사는 요즘 한 가지 음식을 얼마나 오랜 기간 먹을 수 있는지 홀로 실험 중이다. 전에는 치킨 카레만 먹었다. 이번엔 러시아식 소고기 크림 수프다. 시큼한 맛이 슬슬 지겨워지기 시작했다. 이렇게 많이 먹다가 음식이 다 떨어지면 어쩌나 싶은 걱정도 들었다. 그때가 되면 아무 맛도 안 나는 영양죽과 비타민 알약만으로 버텨야 할 것이다.

   '이런 꿀꿀이죽 같은 음식을 특별한 날에만 먹긴 싫은데.'

   베킷은 둥근 창밖을 바라봤다. 창밖 멀리에 지구가 보였다. 항상 푸르기만 했던 지구는 이제 갈색이었다. 마치 가뭄에 흙먼지만 이는 메마른 땅 같았다. 〈고장난 파괴자〉라고 불렸던 SCP-2399로 인해 지구는 결국 종말을 맞이하고 말았다. 지구에 살던 그 많은 사람 중

살아남은 이는 이제 베킷뿐이다.

멍하니 흙빛 지구를 바라보던 베킷은 고개를 내렸다. 빙글빙글 돌아가는 환풍기가 보였다. 공기가 없는 달에는 바람이 불지 않았다. 하지만 베킷은 창밖의 환풍기가 바람에 돌아간다는 상상을 했다.

사실은 전기 때문에 돌아간다고 해도 말이다. 지구의 공기도 바람도 좀 그리웠다. 고지식한 워니라면 뚱딴지 같은 소리 하지 말라고 잔소리를 했겠지만 말이다.

워니는 항상 인상을 찌푸리고 다니는 고지식한 녀석이었다. 베킷과 워니가 일하던 제19기지는 금요일마다 정장 말고 편한 옷을 입고 출근할 수 있었다. 하지만 워니는 그런 날에도 불편한 정장을 고집하는 녀석이었다. 어째서 O5 평의회는 자신과 워니 단 두 명만 달로 보냈을까? 서로 잘 맞지도 않는데 말이다. 베킷은 아직도 이해가 되지 않았다.

무뚝뚝한 워니는 사라질 때도 말 한마디 없었다. '나 잠깐 나갔다 올게', '잘 있어'라는 말조차 하지 않았다. 베킷은 몇 달 전 워니가 사라진 날을 떠올렸다. 창밖을 보니 워니 박사가 달의 분화구를 가로질러 지평선을 향해 걸어가고 있었다. 궁금해진 베킷이 통신 채널을 열었다.

— 어이, 워니, 어디 가?

그 한마디는 인류가 서로에게 나눈 마지막 한 마디가 되었다. 워니가 아무 말 없이 지평선 너머로 사라졌기 때문이다. 그 후 베킷은 워니를 보지 못했다. 그래서 자신이 마지막으로 살아남은 사람이라고

생각했다.

목성에서 SCP-2399 고장난 파괴자가 지구로 날아오기 직전의 일이었다. O5 평의회는 두 사람을 먼저 달로 보냈다. 달로 피난 올 사람들을 맞이할 준비의 일환이었다. 최대한 많은 사람을 달 기지로 보낼 거라고 했다. 지구가 파괴되기 전에 말이다. 파괴자는 지구를 파괴하면 더 이상 지구에 남지 않고 돌아갈 거라고 했다. 그럼 잿더미가 된 지구를 다시 원래대로 되돌리려 한다고도 했다. 워니는 그 말을 믿었다.

시간이 한참 지났지만 누구 하나 달로 오지 않았다. 지구는 멸망했고 둘은 결국 아무도 오지 않으리란 사실을 깨달았다. 그래도 워니는 재단이 아직 어딘가에 살아있다고 믿었다. 재단이 어디선가 다른 방법을 준비했으리라 믿었다.

하지만 시간이 더 지나자 희망도 전부 사라졌다. 워니도 달 기지를 뛰쳐나가 사라져버렸다. 산소도 없는 달에서 기지를 떠나면 어떻게 살아갈 수 있을까? 베킷은 여전히 달 기지에서 하루하루를 살아갔다. 마지막으로 살아남은 사람으로서.

베킷은 모든 것이 바뀌었던 그날을 떠올렸다. 머나먼 은하에서 날아온 파괴자가 목성 위로 떠오르기 시작한 날. 지구에 운석이 떨어졌을 때 공룡들이 멸종했다. 똑같이 파괴자가 날아와 인류는 멸종할 위기에 빠졌다. 그러자 비밀집단이었던 SCP 재단이 세상에 정체를 드러냈다. O5 감독관들이 대통령과 함께 TV에 나와 앞으로 무슨 일이 일어날지 얘기했다. 그날 베킷은 자기 애인인 에이드리안에게 사실대로 말했다. 자신이 SCP 재단에서 일하고 있다고 처음으로 밝힌 것이다.

그날 이후 재단은 〈군단병 프로토콜〉을 발동시켰다. 인류가 모을 수 있는 핵폭탄을 전부 실은 로켓인 〈군단병〉을 파괴자한테 날려 보내는 계획이었다. 인류가 할 수 있는 가장 강력한 공격이었다. 베킷은 TV에서 군단병 로켓 시험 발사를 볼 수 있었다. TV 개그 프로그램에서 파괴자와 군단병을 소재로 웃기는 농담도 들을 수 있었다. 베킷의 조카들은 크레용으로 로켓이 폭발하는 모습을 그렸다. 그리고 자기가 좋아하는 미사일이 더 세다며 말다툼을 했다. 신부님, 목사님, 스님 할 것 없이 모두가 입을 모아 군단병 로켓을 찬양했다. 전쟁도 다툼도 사라졌다. 목성에서 날아올 파괴자로부터 지구를 지켜야 한다는 생각으로 모두가 하나가 됐다. 그 몇 달 동안 베킷은 재단이 자랑스러웠다. 재단에서 일한다고 말할 수 있어 자랑스러웠다. 인간임이 자랑스러웠다.

하지만 군단병 프로토콜은 실패했다. 그 많은 핵폭탄을 실은 로켓도 결국 파괴자를 막지 못했다. 재단은 베킷과 워니를 달로 보냈다. 하지만 파괴자가 더 빨랐다. 파괴자가 지구에 도착했을 때 태양보다 더 강한 빛이 지구를 감쌌다. 달에서 지켜보던 베킷과 워니도 눈이

부서서 똑바로 쳐다볼 수가 없었다. 빛이 사라졌을 때 푸른색이던 지구는 갈색 흙덩이 지구로 바뀌어 있었다.

'아마 가치 있는 일이었을 거야.'

달 기지 밖을 바라보며 베킷은 그렇게 생각했다. 그리고 달에 최초로 착륙했던 우주비행사들을 떠올렸다. 그중 달에 두 번째로 발을 디뎠던 우주비행사인 버즈 올드린이 생각났다. 베킷은 대학생일 때 버즈 올드린을 직접 봤다. 올드린은 연단에 올라 교장 선생님처럼 학생들에게 연설했다. 연설이 끝나고 베킷은 버즈 올드린의 친필 서명을 받았다. 그 서명은 베킷을 따라 여러 직장을 거쳤다. 그리고 마침내 SCP 재단 제19기지 책상 위에 자리잡았다. 베킷은 달에 올 때 그 서명을 챙기지 못했다. 파괴자의 공격에 그 서명도 먼지가 되었겠지. 베킷은 무언가 떠올라 월면 탐사 차량이 있는 달기지 창고로 갔다. 딱히 할 일도 없으니 생각난 일을 하기로 했다.

♦

몇 시간 후 베킷은 탐사 차량을 타고 어디론가 향했다. 자동으로 운전되는 탐사 차량 안에서 베킷은 꿈을 꿨다. 꿈속에서 베킷은 달에 최초로 갔던 우주비행사들인 닐 암스트롱, 버즈 올드린, 마이클 콜린스와 함께 달을 여행했다. 베킷의 여행은 사람이 달에서 하는 마지막 여행이었다.

삐빅!

목적지에 도착하자 탐사 차량에서 소리가 났다. 그 소리에 베킷이 잠에서 깨어났다. 차에서 내린 베킷 앞에는 우주탐사선이 있었다. 최초로 달에 착륙했던 우주탐사선 아폴로 11호였다. 베킷은 아폴로 11호 착륙선에 새겨진 버즈 올드린의 서명을 손으로 쓰다듬었다. 버즈 올드린이 생각난 김에 아폴로 11호를 다시 눈으로 직접 보고 싶었다. 그는 한참을 그 자리에 멍하니 서 있었다. 베킷은 차를 타고 다시 달 기지로 돌아왔다.

달 기지에 돌아온 베킷은 컴퓨터를 켰다. 그리고 지구에 있는 재단 기지들에 통신을 보냈다. 아무도 없다는 사실을 알면서도 그는 매일같이 지구로 통신을 보냈다. 카메라가 실시간으로 지구의 모습을 비췄다. 베킷이 제19기지로 화면을 돌렸다. 입구 경비탑은 중앙 건물 위로 쓰러져 있었고 식당은 사라진 것 같았다. 하늘은 소용돌이치고 있었다.

휘이이이이!

먼지와 유황 덩어리들이 으스스한 바람 소리를 냈다. 돌덩어리들과 파편들이 공처럼 나뒹굴고 있었다. 그런 모습을 보며 베킷은 나지막하니 중얼거렸다.

"변한 게 하나도 없네."

지구에서 온 통신은 비상사태를 알리는 자동 메시지뿐이었다.

— 제19기지에서 보내는 자동 메시지입니다. 기지 전체에 카테고리 1급 기능 정지가 발생했습니다. 다른 사령부에 연락하여 지시를 따르시기 바랍니다.

베킷은 마이크에 대고 말을 하기 시작했다.

"여보세요, 19기지. 여보세요, 감독관 양반들. 아직도 나 데리러 안 올 거야?"

어쩌면 워니가 지구로 돌아갔을지도 모르겠다고 베킷은 생각했다. 카메라에 비치는 폐허가 된 지구 모습은 사실 가짜일지도 모른다고도 생각했다. 자기들끼리 베킷을 맞이할 깜짝 파티를 준비하고 있을지도 모른다고 생각했다. 제발 그러길 바랐다.

"워니, 내 말 들려? 들리는 거 알아, 이 망할 녀석. 당장 여기로 돌아와. 알아들어? 여기로 돌아오라고! 워니, 임마. 돌아오라고……."

베킷이 중얼거렸다.

"O5 양반들, 당신들도 여기로 와. 알았어? 나한테 설명할 게 있잖아. 당신들이 돈을 얼마나 더 버는지, 어떤 초능력이 있는지는 관심도 없어."

— 제19기지에서 보내는 자동 메시지입니다. 기지 전체에 카테고리 1급 기능 정지가 발생했습니다. 다른 사령부에 연락하여 지시를 따르시기 바랍니다.

"야 이 씨! 워니하고 감독관 데려오라고!"

베킷이 소리쳤다.

— 제19기지에서 보내는 자동 메시지입니다. 기지 전체에 카테고리 1급 기능 정지가 발생했습니다. 다른 사령부에 연락하여 지시를 따르시기

바랍니다.

"내 예전 직업 돌려내! 내 책상하고 사무실 돌려내라고!"

— 제19기지에서 보내는 자동 메시지입니다. 기지 전체에 카테고리 1급 기능 정지가 발생했습니다. 다른 사령부에 연락하여 지시를 따르시기 바랍니다.

"내 집도! 차도! 잔디깎이도 돌려내! 잔디깎이라도 새로 사주던가! 형도! 엄마도, 아빠도 보고 싶어! 에이드리언도 돌려내! 에이드리안하고 와인 한 병 마시고 싶어! 이탈리아도 다시 가보고 싶고! 진짜…. 진짜 바다도 다시 보고 싶다고! 먼지투성이인 달의 바다말고! 진짜! 진짜 물이 있는 바다가 보고 싶다고!"

— 제19기지에서 보내는 자동 메시지입니다. 기지 전체에 카테고리 1급 기능 정지가 발생했습니다. 다른 사령부에 연락하여 지시를 따르시기 바랍니다.

베킷은 컴퓨터 책상 위에 쓰러진 채 몸을 부들부들 떨며 흐느껴 울었다.

"TV를 틀면 군단병 프로토콜이 성공했다는 뉴스가 나왔으면 좋겠어. 그 망할 외계 고철 덩어리, 파괴자를 날려버렸다고. 더 이상 세계가 멸망하지 않을 거라고. 에스씨피 이삼구구가 무, 무효, 무효화 됐다고. 그놈을 지옥으로 보내버렸다고."

여전히 창문 밖의 지구는 갈색이었다. 베킷은 모든 것을 잃었다. 가족, 친구, 직장 동료들, 집, 차, 가보고 싶었던 곳, 모두 잃었다. 그럼 최소한 파괴자에게 한방이라도 먹일 수 있어야 하지 않았을까? 모든 것을 앗아간 파괴자에게 복수라도 했어야 좋지 않았을까? 베킷은 아무것도 하지 못했다. 파괴자가 지구를 멸망시키는 모습을 멀리 달에서 지켜볼 수밖에 없었다. 그런 자신도 싫었고, 지구를 멸망시킨 파괴자도 너무나 증오스러웠다. 미사일로, 대포로, 총으로, 몽둥이로, 하다못해 안되면 주먹으로라도 부수고 싶었다. 하지만 그러지 못했고 파괴자는 지구를 멸망시켰다. 이제는 어디 있을지도 모를 파괴자를 지금 당장에라도 자기 손으로 부숴버리고 싶었다.

— 제19기지에서 보내는 자동 메시지입니다. 기지 전체에 카테고리 1급 기능 정지가 발생했습니다. 다른 사령부에 연락하여 지시를 따르시기 바랍니다.

"내 세상 돌려내…."

— 신호 수신 중.

갑작스런 소리에 베킷은 튀어 오르듯이 일어나 자리에 똑바로 앉았다. 카메라에 비치는 화면이 바뀌어 있었다. 베킷은 긴장이 됐는지 의자의 팔걸이를 꼭 잡고 자세를 고정했다. 화면에 비친 것은 외계에서 날아온 파괴자였다. 여기저기 부서지고 망가진 파괴자는 바람이 휘몰아치는 하늘에 떠다녔다. 수천 번의 핵폭발로 까맣게 그을린 자국이 가득했다. 군단병 로켓이 실어나른 핵폭탄 공격의 자국이었다. 하지만 파괴자는 그러고도 지구를 파괴했다.

'아직 멀쩡하게 작동하는 것이 아닐까?'

의자 팔걸이를 잡은 베킷의 손에 힘이 들어갔다.

─새로운 영상을 확인할 수 있습니다.

베킷은 의자에 몸을 기대며 침을 꿀꺽 삼켰다.

─신호 수신 중.

컴퓨터 화면에 새로운 소식이 날아들었다. 베킷은 또다시 흥분해 잠깐 비틀거렸다. 그리고 떨리는 손으로 통신기 버튼을 눌렀다.

─SCP-2399 파괴자가 받은 명령입니다.

모든 주요 시스템 파괴됨: 임무 중지

모든 주요 시스템 파괴됨: 임무 중지

모든 주요 시스템 파괴됨: 임무 중지

"이야아아아아! 이 야호! 그렇지!!!"

베킷이 기쁨의 환호성을 질렀다. 하지만 그가 웃는 건지 우는 건지 확인해줄 사람은 아무도 없었다.

SCP 재단 보고서 〈파라워치〉

요주의 단체: 파라워치 위키

데이터베이스 ID: 1109

활동 지역: 북아메리카, 유럽, 온라인 사이트

위협 수준: 녹색

개요:

파라워치는 음모론자, 초자연 현상 애호가, 아마추어 작가들로 구성된 인터넷 포럼으로, 변칙적인 현상을 조사하고 폭로하는 것을 목적으로 운영되고 있다. 해당 단체의 접속자는 전 세계에 분포하나 주로 북미와 유럽에 사용자가 많다. 나이, 직업 등 사용자의 배경 또한 다양하다.

해당 단체는 주로 인터넷 커뮤니티 활동을 한다. 초자연 현상과 조우한 경험, 역사에 나온 사례, 자신이 경험한 특이한 사건들을 상세히 기록한 게시물을 올리고 있다. 커뮤니티 관리자를 통해 느슨한 수준의 조직력을 보이지만, 너무 넓은 이용자 기반 때문에 그 이상의 조직력을 갖추기 어렵다. 해당 사이트가 재단의 활동에 미치는 영향은 제한이다. 몇몇 회원들로 구성된 소규모 집단이 모여 미국과 캐나다의 산림 지역을 탐험하는 등의 활동을 보이나, 전체 회원 대비 숫자는 작은 편이다.

재단 격리 시설에 대한 접근성: 매우 적음

파라워치가 변칙성 조사에 적극적이나, 지속적인 감시 결과 해당 단체는 다음 사항에 대한 포괄적인 이해도가 떨어진다.

● 재단의 존재
● 재단의 〈장막〉 정책
● 변칙적인 현상의 본질

해당 단체가 주장하는 음모론은 실제 상황에 대한 맥락이 없으며, 이는 부정확한 믿음으로 이어지고 재단 정보 유출 가능성을 떨어뜨린다. 게다가 일반 대중에게는 잘 알려지지 않은 단체이며, 해당 단체가 주장하는 내용의 진정성에 대한 의심까지 더해져 〈장막〉 정책을 유지하는데 커다란 위협이 되는 일을 예방하고 있다.

고로 파라워치는 허위 정보를 배포하는 창구로 계속 활성화하여 장막 정책의 존재에 대한 조사를 방해하고, 그 방향성을 돌리도록 한다. 장막 정책에 대한 단서가 생길 경우 해당 단체에 잠입한 재단 인원의 재량에 따라 허위 정보를 유포하도록 한다. 재단의 실상에 대해 깨달은 게시물이 나타날 경우, 타인을 공격하는 게시물로 간주해 삭제하고 사용자 기반에 대한 점진적인 기억소거를 실시한다.

현재 해당 단체에 대한 직접적인 조치를 취하고 있지 않다.

부록: 사건 GoI-1109-240830
최근 재단이 격리 중인 SCP에 대한 일련의 정보 유출이 있었으나 평소대로 허위 정보 조작 활동을 통해 이를 무마할 수 있을 것으로 예상 중이다. 해당 정보가 유출된 경로를 현재 조사 중이다.

SCP-001-EX-J CKG

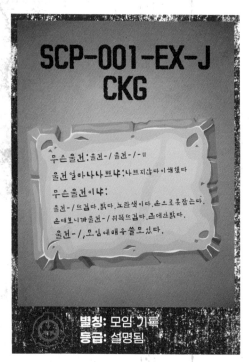

별칭: 모임 기록
등급: 설명됨

SCP-5031

별칭: 신인데 멍청함
등급: 케테르

SCP-738

별칭: 악마의 거래
등급: 케테르

SCP-5031

별칭: 또 살인 괴물이야?
등급: 케테르

SCP-5798

별칭: 하수도뱀
등급: 안전

SCP-2399

별칭: 고장난 파괴자
등급: 케테르

SCP Foundation
Secure / Contain / Protect

위험한 SCP를
확보하고
격리하고
보호하라!

원문 출처

1. SCP-001-EX-J CKG 모임 기록
저자: VAElynx
출처: https://scp-wiki.wikidot.com/scp-001-ex-j

2. SCP-3740 신인데 멍청함
저자: djkaktus
출처: https://scp-wiki.wikidot.com/scp-3740

3. SCP-738 악마의 거래
저자: Le Blue Dude
출처: https://scp-wiki.wikidot.com/scp-738

SCP-049 역병 의사
저자: Gabriel Jade
출처: https://scp-wiki.wikidot.com/scp-049

4. SCP-5031 또 살인 괴물이야
저자: PeppersGhost
출처: https://scp-wiki.wikidot.com/scp-5031

5. SCP-5798 하수도뱀
저자: J Dune
출처: https://scp-wiki.wikidot.com/scp-5798

6. SCP-2399 고장난 파괴자
저자: djkaktus
출처: https://scp-wiki.wikidot.com/scp-2399

SCP-5031

SCP-2399

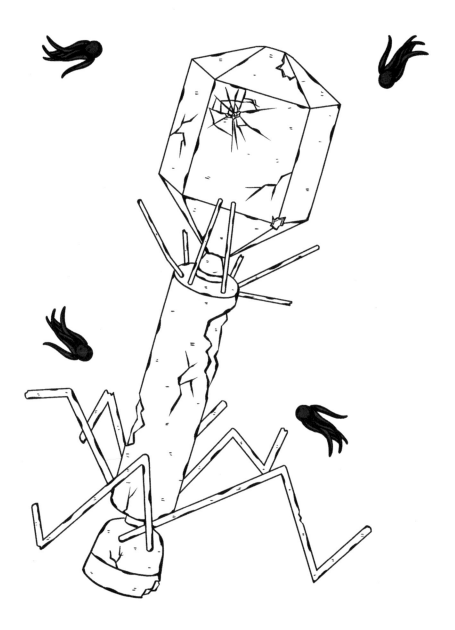